小説　ショウタイムセブン

ひずき　優

集英社文庫

Contents

小説 ショウタイムセブン
SHOWTIME 7

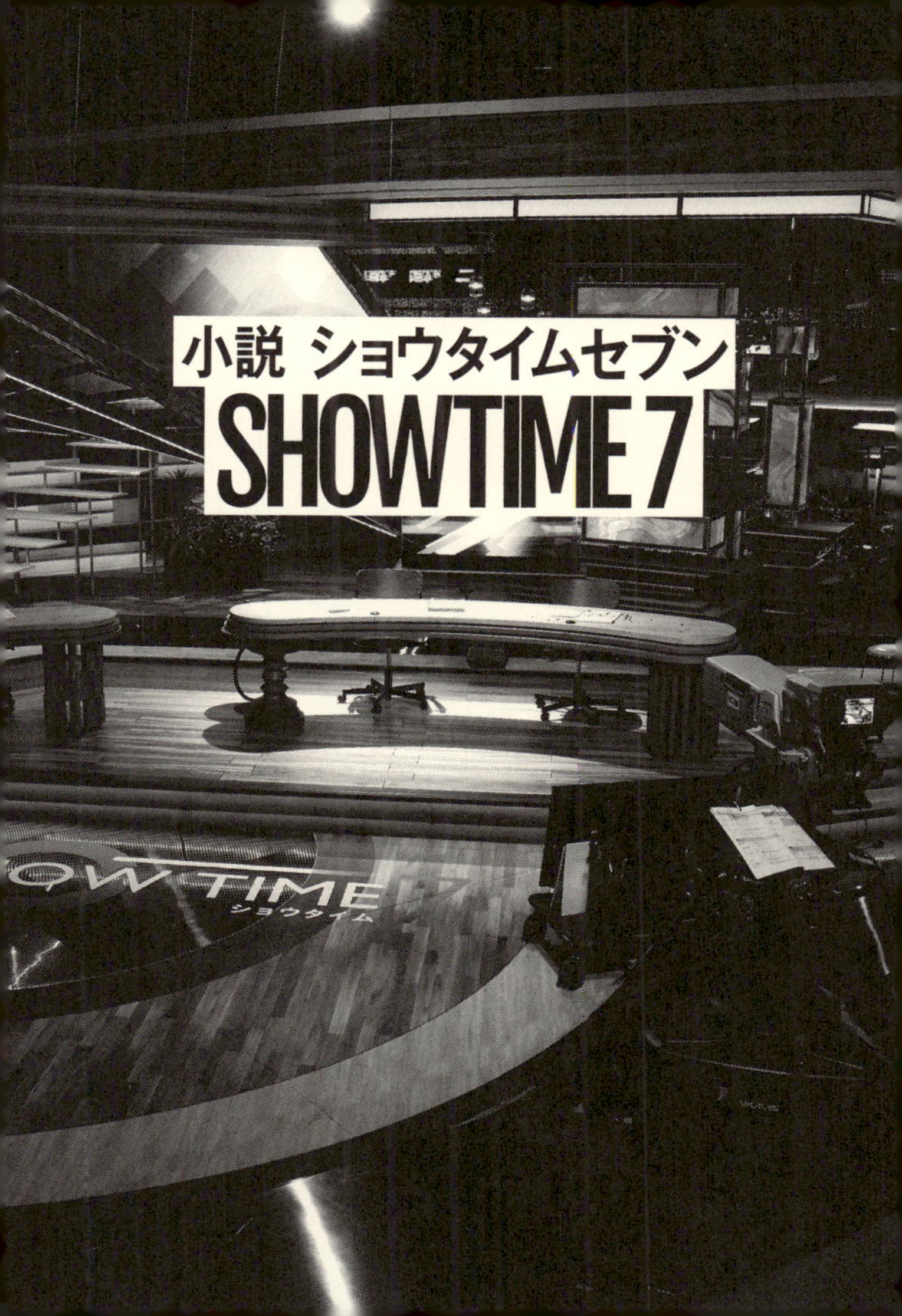

プロローグ

四月一日、午後六時五十七分。

いつもと変わらない一日だった。全国的に桜の開花が進み、国会は与党幹部の収賄疑惑に終始し、東京株式市場の日経《にっけい》平均株価は小幅な値動きが続き、首都高で乗用車同士の衝突事故が起きた。目新しい出来事は何もない。それでも日本放送ネットワーク（ＮＪＢ）一階に位置するＪスタジオは、本番直前の緊張感に満ちていた。

看板番組であるニュースワイド「ショウタイム７」が三分後に始まる。二時間にわたる生放送番組。それも今日は週に一度の公開生放送の日である。Ｊスタジオには視聴者の中から選ばれた老若男女、二十五人の観覧客が入っていた。

三列の座席には物慣れない様子の視聴者が顔を並べている。彼らに向けてフロアディレクターが注意事項を説明する中、スタジオの入口から、番組のキャスターである安積征哉《あさかせいや》と結城千晴《ゆうきちはる》が颯爽《さっそう》と姿を現した。

「よろしくお願いします」

スタッフに笑顔を向ける安積は三十代半ば、三ヶ月前からメインキャスターを務める若手のエースだ。細身のスーツをすっきりと着こなし、知的でさわやかな印象である。対して結城は入社二年目、初々《ういうい》しさが売りの女子アナだった。今日はシルキーな白ブラウスにベージュのロングスカートという、シックで清楚《せいそ》なスタイルだ。どちらもルックスが抜群であるため、お茶の間での人気が高い。顔を輝かせて見つめる観覧客に向け、二人は朗らかな笑顔で挨拶をした。

「皆さん、今日はよろしくお願いします！」

「よろしくお願いします！」

スタジオのセットは、全体的に木目調と暖色でまとめられ、親しみやすく落ち着いた雰囲気である。

天井は見上げるほど高く、そこに設置された、ディフューザーに包まれた照明の数々が、全体を明るく照らしている。

キャスター席や観覧席のある前方フロアから、段差によって区切られた後方フロアには、大きなスタジオカメラがずらりと並び、その間にプロンプターが置かれていた。アナウンサーが視線をカメラから外すことなく、様々な指示を受け取るためのモニターである。

万全な状態でスタンバイするカメラクルーの間を、進行表を手にしたスタッフが忙《せわ》しげに行き交っていた。

テーブルについた安積は余念なく滑舌トレーニングを行い、隣りで結城が番組の台本をチェックする。各コーナーで取り上げるニュースはもちろん、VTRやCMの入りまで分刻み——時には秒刻みの進行が書かれている。

二人のキャスターは共に、熱意とフレッシュさを併せ持つニュースの送り手を、そつなく演じてくれるだろう。……彼の存在感にはまだまだ及ばないが。

二階からスタジオを見下ろしていたプロデューサーの東海林剛史《しょうじつよし》は、益体《やくたい》もない物思いを胸にしまい込み、副調整室のドアを開けた。

「おはよう！」

副調整室は、番組内で流れる音声や映像を操作する場所であり、サブとも呼ばれる、いわば番組の管制塔である。スタジオの明るさとは対照的に、室内は薄暗く、多くのモニターと機材で埋め尽くされている。今は担当ディレクターの矢吹一平《やぶきいっぺい》や技術スタッフたちが、最終チェックのさなかだった。

「おはようございます」と挨拶を返してくるスタッフたちに向け、東海林は笑顔で声を張り上げる。

「さぁ皆さん、今日も張り切っていきましょう！　おい一平、今日はテロップのタイミング間違えるんじゃないぞ」

「東海林さんが後ろで怒鳴らなければ大丈夫です！」

「うるせぇな、このヤロウ」

軽口で返してくる矢吹の肩を揉《も》み、モニターを見上げた東海林は、次いでそこに映る安積に向けマイクを通して声をかけた。

「安積ちゃーん。いいねー、もうすっかりショウタイムの顔だねー。今日もF２、ガッツリつかんじゃって！」

この時間帯はF２層と呼ばれる、三十代後半から四十代の女性の視聴者が多く、若くてルックスの良い安積は大変に受けがいい。本人も心得ているのだろう。カメラ越しに「はい」と笑みを見せる。

三ヶ月前、リポーターだった彼を抜擢《ばってき》したのはやはり正しかった。東海林は悦に入って自画自賛する。

六時五十九分四十五秒を過ぎた。ほどなくフロアディレクターの秒読みが始まる。

「本番、十秒前！」

現場は静寂に包まれ、広いスタジオとサブ、どちらにもカウントの声だけが響く。

「五秒前！——四、三、二……」

いつもの緊張。いつもの集中。全員が見守る中、「ショウタイム7」の生放送が始まった。

モニター画面のひとつに華やかなオープニングCGが流れ、続いて映像がスタジオに移った後、テーブルにつくキャスター二人と解説委員、そして観覧客の姿が画面に映し出される。

「こんばんは。四月一日月曜日の『ショウタイム7』。安積征哉です」

「結城千晴です。今日も旬の話題に独自の視点から鋭く切り込んで——」

二人はそこで声を合わせた。

「公正かつ公平な姿勢で、真実に迫ります！」

お決まりのキャッチフレーズの後、それぞれ台本を読み上げる。

「今日は番組恒例、週に一度の公開生放送。Jスタに集まってくださった皆さんと一緒に番組を進めてまいります。八時過ぎからの徹底ナマ討論もお楽しみに！」

「今日のトップはやはり、連日巷《ちまた》を賑《にぎ》わせているこの話題です」

結城の前振りを受け、安積の顔からそれまで浮かんでいた笑みが消えた。カメラを見据える。

「大和《やまと》電力の新型核燃料処理施設建設に伴う用地買収をめぐり、一億円の賄賂を受け取った疑いで東京地検の任意取り調べを受けている自由党《じゆう》の杉浦《すぎうら》幹事長――」

「驚きの最新情報を『ショウタイム7』がスクープです」

「その前にまずはこちら。この件について沈黙を守ってきた水橋《みずはし》首相が今日初めて疑惑に言及しました」

安積の言葉が終わるや、画面に内閣総理大臣・水橋孝蔵《こうぞう》の姿が大映しになる。

『事態を深刻に受け止め、また強い危機感を持って対処しなければならないと――』

首相官邸で夕方行われたぶら下がり会見のVTRである。形式的なコメントが十五秒。映像の後、記者による中継に切り替えられ、今後の捜査の予定や政局への影響についてリポートをする。

モニターでタイミングをうかがっていた矢吹が、スタッフに指示を出した。

「このあと、杉浦幹事長の疑惑Vに続くよー」

それから後ろにいた東海林にぼやく。

「しかし、幹事長の愛人疑惑ってスクープって言えるんですかね？」

東海林はくちびるの端を持ち上げた。

「下世話な方が食いつくんだよ。数字が物語ってるでしょ」

「まぁそうですけど……」

多くの視聴者にとってニュースは娯楽だ。核燃料処理施設も東京地検も庶民の日常からは遠く、想像が及びにくい。その点、愛人疑惑は誰にとっても理解しやすいネタである。そしていつの時代も、庶民は普段雲の上にいる人間が色事で苦労する姿を見るのが好きだ。

「わかってないねぇ、君は。雰囲気だよ、雰囲気。『追及してる雰囲気』が大事なんだよ」

反権力的な社会の公器としてのメディアの存在感が薄まった現在、政治への厳しい批判など番組の首を絞めるだけ。かといって政治権力を監視するという、本来の役割を公然と放棄するわけにもいかない。双方の事情が行きついた先である。

これぞ政権もメディアも視聴者も、誰も傷つかない最良の形ではないか。

「はぁい」

納得したとは言えない口ぶりながら、矢吹は考えるのを止《や》めたようにうなずく。

そう。深く考えないのが互いのためだ。

東海林は中身のない幹事長の疑惑Vが映るモニターを退屈な思いで見上げた。

1　章

ＮＪＢは関東広域を放送対象とした民放のテレビ局である。首都圏のキー局を中心として全国的な放送網を展開し、地上波、衛星、インターネット、ラジオといった放送分野を中心に、映像、文化など幅広い事業を手掛けるメディアの雄だ。インターネットやスマートホンの普及に伴う「テレビ離れ」が論じられる中でも、報道に重点を置いた取り組みには定評があり、ローカル局との連携を活《い》かした情報発信によって他社と一線を画している。本社は港区《みなと》。湾岸にそそり立つ、ひときわ目立つビルである。

午後六時五十八分、ＮＪＢのラジオチャンネルでは交通情報が流れていた。

『首都高速道路では四号線の上り、永福《えいふく》料金所の手前で事故があり、中央道の烏山《からすやま》トンネルまで四キロ渋滞しています――』

「おはよう」

二十五階にある第五ラジオスタジオに入っていった折本眞之輔《おりもとしんのすけ》は、ぼそりと挨拶をしながらサブの中を足早に通り抜け、ブースに向かった。

ガラス張りの部屋からはベイサイドの夜景が一望できる。だがここに異動してきて以来、折本の目に夜景が映ったためしはない。

折本はＮＪＢのアナウンサーだ。これから始まるラジオトークバラエティ「トピック・トピック」のパーソナリティでもある。

ノーネクタイ。シャツの上に着古したキャメルのセーターを重ねたのみで、ジャケットも着ていない。どうせ話すだけの仕事である。見た目は関係ない。髪は家を出る前に手櫛《てぐし》で整えたくらい。あごには無精ひげ。五十を超えるとむさくるしさにも脂がのってくる。

スタイリッシュなブースの中、折本の姿だけ、できの悪い合成画像のようにくすんでいた。

進行表のチェック、機材の動作確認。一人で黙々と放送の準備を進めていく。防音のブースの中では静寂が際立つ。防音ガラスを隔てたサブには、ディレクターの頓宮《とんみや》豊《ゆたか》を始め、数名のスタッフがいる。トークバックを使えば簡単に話ができるが、誰も声をかけてくる者はいない。

折本が好きでここにいるわけではないことを察しているためだろう。折本とスタッフとの間は、心理的にも決して音を通さないガラスで隔てられている。

番組をオンエアするという、互いの仕事だけでつながっている関係だ。

オンエアまで三十秒になったところで、折本はヘッドホンを装着した。あらゆる音が遮断される。のどを潤すため、ペットボトルの水をひと口飲む。

座って、台本の進行通りにラジオ番組を放送する。それが今の折本に会社が求めていることだった。厳しい制限時間も、目まぐるしい映像の切り替えも、急な原稿の差し替えもない。今までの仕事に比べれば格段にシンプルな内容だ。だが仕事への高揚はない。愛着も湧かない。

「………」

目の前のマイクを見つめ、軽くため息をつく。

午後七時になるのと同時に、番組冒頭のテーマ音楽が流れ出す。折本は気持ちを切り替えてマイクに向かった。

「四月一日月曜日午後七時。こんばんは、折本眞之輔です。NJBラジオ『トピック・トピック』、早いもので番組がスタートしてから三ヶ月が経《た》ちました――」

台本に目を落とし、努めて軽やかに続ける。

「身近な話題について皆さんと徹底的に語り合うこの番組。今日のテーマは『あなたはイヌ派？　ネコ派？』。これは意見が分かれそうですね！　さっそくトップバッターの方と電話がつながっています。——こんばんは、自己紹介をお願いします」

間髪いれずに、サブで頓宮が視聴者との電話をつなぐ。

どこの誰とも知れない相手との通話である。何が飛び出すかわからない。だがそれもニュース番組で鍛えられた折本の反射神経を刺激するものではなかった。

わずかな間の後、電話の相手が応じる。

『……江戸川《えどがわ》区のウスバカゲロウです』

聞こえてきた声は男のものだった。そしておそろしく暗い。緊張しているのだろうか。

折本はフレンドリーに話しかける。

「ウスバカゲロウさん。お仕事を伺ってもいいですか?」

『……建築関係……』

「今日はもうお仕事は終わりですか?」

『……はい』

「ご苦労様です。早速ですが、ウスバカゲロウさんはイヌ派ですか? ネコ派ですか?」

『…………』

「ウスバカゲロウさん？」

やはり緊張しているのか。折本が再度呼びかけると、電話の相手はぼそぼそと陰鬱に答えた。

『……一人暮らしなのに、テレビと冷蔵庫だけで電気代が月一万円だ。エアコンも使えない。大和電力に苦情を入れても「ご理解ください」としか言わない』

「ごめんなさい、ウスバカゲロウさん。今日のテーマは『あなたはイヌ派？　ネコ――』」

折本の声を、男は強い調子で遮った。

『大和電力は自由党に使うお金はあるのに、俺たち善良な市民にはなぜこんな仕打ちをするんだ!?』

唐突な糾弾に合点がいった。つまりイタズラだ。この男は自分の政治的な不満を公共の電波にぶちまけようとしているのだ。折本は冷静に応じた。

「なるほど、時事問題は今放送中のＮＪＢ『ショウタイム７』をご覧ください。今日は視聴者参加の徹底ナマ討論もあるはずですよ。では失礼します」

頓宮に目配せをするが、男は切らせないタイミングで続ける。

『あんたが出ていた頃のショウタイムはおもしろかった。今のあれは低俗なゴシップ番組だ』

「…………」

『どうして降りたんだ？』

ずけずけとした物言いに、思わずため息がもれた。

「これ、エイプリルフールの何かですか？」

『やっぱりあの噂《うわさ》は……』

「ウスバカゲロウさん、ありがとうございました」

『切るんじゃない！　俺に話をさせろ！』

男はわめくが知ったことではない。この番組は名もない市民の自説を垂れ流すものではない。折本はかまわず進めた。

「それでは、ここで一曲いきましょう」

『まだ終わってない！』

男の怒鳴り声はラジオに流れなかった。サブにいるミキサーが電話の声のフェーダーを絞ったためだ。

すかさず頓宮が、予定していた懐メロ曲を流す。

折本はヘッドホンを外して椅子に背を預けた。緊張や興奮で訳のわからないことを言う電話はたまにあるが、今日みたいなものは初めてだ。

ガラスの向こうでは、頓宮が受話器を手にまだ困り顔だった。揉めているようだ。

折本は席を立って防音扉を開け、ブースに向かう。

案の定、そこでは頓宮がしつこい電話に手を焼いていた。

「ウスバカゲロウさん、打ち合わせと違うじゃないですか。わかりますよね？　困った人だな……」

頓宮が言うと、スタジオのスピーカーから電話相手の声が響く。

『早く折本眞之輔を出せ。そこにいるんだろ？』

折本は、早く切れと手ぶりで示した。頓宮もうなずく。

「ウスバカゲロウさん、どうか今日はここまでにしてください」

『ダメだ、折本と話をさせろ』

「わからない人ですね、もう切らせていただきますよ」

『折本眞之輔と話がしたいんだ！　聞いてるんだろ？　折本！』

男は異様なしぶとさで食い下がる。これではこの後の放送にも支障が出かねない。

流している曲が終わるまであと二分。折本は頓宮から受話器を受け取った。

「困りますよ。生放送なんです。勝手なことをしゃべらないでください」

『話の途中で切りやがって。俺が何したっていうんだ』

「ウスバカゲロウさん、切りますよ」

『黙って聞け！』

「失礼します」


『大和電力城東火力発電所に爆弾を仕掛けた』


受話器を置こうとした時、スタジオに響いた声に、折本は思わず手を止めた。本当か？　いや、まさか。しばし迷った末、受話器を持ち上げる。

「……爆弾？」

『これから爆破する』

横で聞いていた頓宮が手を横に振った。

「変なやつです。相手にしない方が……」

折本も息をついた。頓宮の言う通りだ。真に受ける方がどうかしている。

「イタズラ電話は困りますね。通報しますよ」

『俺だって悩んだが、やるしかない』

「それならどうぞご自由に。別に止めませんよ」

『おい、言葉には気をつけろ。忠告したぞ』

早く電話を切ってブースに戻らなければならないというのに、男はなかなか電話を切らない。どこまでしつこいのか。折本は投げやりに言った。

「なら早くやればいい。どうなるか楽しみだ」

『俺は本当に爆弾を持っている。本気だ。いいのか、あんたのせいでとんでもないことになるぞ』

「へー、バカはよくしゃべる」

『発電所を爆破するんだ。どうなるかわかるよな?』

「ならさっさとやれよ、このウスバカ野郎が」

投げやりに言い、うんざりした気分で電話を切る。

頓宮が申し訳なさそうに頭を下げてきた。

「すみません、ヤバいやつでした……」

「俺が何とかする。任せてくれ」

折本はブースに戻って腰を下ろすと、曲が終わるのを待ってカフを上げる。そして意識して朗らかに話を始めた。

「懐かしいですねぇ。今お届けしているのは松崎《まつざき》しげるさんの『ワンダフル・モーメント』です。今日のテーマにちなんで『ワン』ダフル！　ダジャレですみません。──ええー、先ほどは失礼しました。『ショウタイム7』のファンの方からご連絡いただけるなんて光栄です。私もまだまだ捨てたもんじゃありませんね。それでは早速次の方にいきましょう──」

頓宮が次の電話をつないでくる。

『どうも、川崎《かわさき》のルージュです。主婦です』

今度は明るい雰囲気の女の声だった。ホッと胸をなで下ろす。

「ルージュさん、こんばんは」

『折本さんのショウタイム、私も好きでした！　今の安積さんはちょっとマジメすぎかな。ネットでは色々噂されてますけど、私は折本さんを応援しています！』

「……ありがとうございます」

明け透けなコメントが古傷に触れる。折本は先を促した。

「では早速、ルージュさんは……」

その時、どこかでドォン、という大きな音が響き、はっきりと揺れを感じた。

何だ？　一瞬逸《そ》れかけた折本の集中は、リスナーの声に引き戻される。

『はい！　断然イヌ派です！　うちの子はボストンテリアで、名前は承太郎《じょうたろう》っていうんですけど……』

「ボストンテリア！　うちの実家でも昔飼っていましたよ。承太郎君はいま何歳で――」

その瞬間、再び響いた爆発音と共に建物全体が振動した。何かが爆発したような音だ。

『五歳です！　すっごく甘えん坊で、とても寂しがり屋さんなんです。昨日なんか私がちょっとコンビニに行っただけなのに、もう帰ったら……』

リスナーが話を続ける中、サブにいる頓宮が、音のした方向を確かめるように窓の外を見に行った。生放送中だというのに、他のスタッフもそれに続く。――先ほどの音の正体はそれだけの何かなのだ。そう察すれば、報道人の血がざわりと騒ぐ。

「あの、ルージュさん」

『はい？』

「いま外で大きな音が聞こえました。ちょっとお待ちください」

『あ、はい……』

ヘッドホンを外して折本も席を立った。サブへ向かい、頓宮たちが集まっている窓に近づいていく。上背のある折本の目は、すぐに異変を捉えた。

湾をはさんだ向かい――江東《こうとう》区の湾岸に並ぶ高層マンションの奥にある、大和電力城東火力発電所のあたりが炎上している。

頓宮が緊張をにじませた顔で振り向いた。

「折本さん、これって……」

まさかと答えようとした――その瞬間、発電所でさらなる爆発が起きる。

「――!?」

折本は息を飲み、呆然《ぼうぜん》と視線をさまよわせた。大変なことが起きている。

ややあって我に返ると、窓の外に見入っているスタッフに声をかけた。

「おい、戻れ」

「あぁすみませんっ……」

皆が席に戻る気配を感じながら、折本自身も足早にラジオブースに戻る。席に座ってカフを上げ、マイクに向かった。

「お待たせしました。いま確認したところ、私のいるＮＪＢビル二十五階の窓から、大和電力城東火力発電所のある方向で炎が上がっているのが見えました。皆さん、詳しい状況を確認します。少々お待ちください。いったんＣＭです」

カフを下ろし、椅子に背を預けてしばし自分を落ち着かせる。その頭の端で、先ほどの男の声が響いた。

──大和電力城東火力発電所に爆弾を仕掛けた。

いや、まだアイツが犯人と決まったわけではない。折本は立ち上がり、コンセント近くに置いてあったスマホを充電器から外して警察に電話をかける。コール二回ですぐつながった。

『はい、一一〇番警視庁です。事件ですか、事故ですか』

「…………」

だが──あの男が城東火力発電所に爆弾を仕掛けたと言った直後に、言葉通りの爆発が起きたのは事実だ。それが偶然だとでもいうのか？　それこそまさかだ。ありえない。

とすると、あの男の予告はイタズラではなかったということになる。

『もしもし』

「…………」

心臓がドクドクと勢いよく動き出す。止まっていた全身の血が、急にめぐり始めたかのように騒いだ。大きくなった鼓動がこめかみで鳴り響く。何をすべきか。頭が高速で回転する。

『もしもし？』

「……間違えました。すみません」

ややあって折本は通話を切った。その時にはおおよその計画が練り上がっていた。サブを見れば、頓宮が電話をかけようとしている。折本は弾《はじ》かれたようにブースを出た。

「おいおい、トンちゃん！　何してる⁉　電話よこせ」

頓宮からスマホを奪い取ると、勝手に通話を切る。

「どこにかけるんだ？」

「警察です」

言わずもがなのでていで答える相手を、手を上げて制した。

傍《そば》にいたＡＤを振り返る。

「ちょっと待て」

「さっきの爆破予告は流れてないな？」

「あ、はい」

「……ツイてるぞ」

折本は口の中でつぶやく。ぽかんとしているＡＤに向け、自分のスマホを渡した。

「そのデータもらえるか?」

「はい」

ADはうなずき、スマホをコードにつないで音声データを移す。

頓宮がとまどいがちに言った。

「警察へは?」

「やめておこう」

「え?」

「頭を使うんだ。この番組の独占情報だぞ。警察に連絡すれば、もう犯人から電話はかかってこない」

「でも、そんなことしたら……!」

「何言ってる、優等生を気取るな。これは俺たちだけが持ってる大スクープなんだぞ。このツキを活かさないと。チャンスだ。電話がかかってくれば視聴率も上がる。アイツからの電話を待つんだ。必ず来る!」

真剣に言い募る折本の剣幕に飲まれたかのように、頓宮は小さく何度もうなずく。

折本はそれを見届けてサブの出口に向かった。

頓宮がとまどいがちに「どこへ?」と訊《たず》ねてくる。

「上と話をつけてくる」

「僕が連絡しましょうか？」

「俺がやる。あとはつないでおいてくれ」

「えぇっ⁉　僕がですか⁉」

情けない頓宮の声を背中に、折本はバッグを手に取って第五スタジオを出た。

湾をはさんだとはいえ、目と鼻の先で爆発が起きた直後である。局内は騒然としていた。忙しなく声や人が行き交う廊下を折本も足早に歩き、エレベーターホールに出る。

ガラス張りのホールの壁には、爆発を見ようと人だかりができていた。

そちらを見ながら歩いていたところ、前から来た人とぶつかってしまう。

「あ、ごめんなさい」

体格のいい折本とちがい、相手は高齢の清掃員だった。細い身体《からだ》がよろめいた拍子に黒縁眼鏡《くろぶちめがね》が落ちる。

折本は床に転がった眼鏡を拾うと、清掃員に渡して先を急ぐ。歩き出した折本の頭からこの出来事は一瞬で拭い去られた。

『杉浦幹事長は、大和電力が秋田県で建設を予定している新型核燃料処理施設の土地取得に関して便宜を図るよう大和電力側から依頼を受け、一億円はその謝礼であった疑いが強まっています』

*

モニターの中では安積がそつなくニュース原稿を読み上げている。そんな中、一階Jスタジオのサブに社会部のキャップが飛び込んできた。

「大和電力城東発電所で爆発！　今から速報テロップ出すよ！」

その瞬間、サブ全体の緊張がいや増すのを東海林は肌で感じた。

いわゆる「発生モノ」という事態である。放送中に突発的な事故や事件が起きた場合、番組の進行は大幅な変更を余儀なくされる。ニュース原稿はもちろん、中継もVTRもすべて、ほぼぶっつけ本番で電波にのせることになる。サブの中はにわかに騒然となった。

緊急音と共に、画面の上部に速報テロップが流れる。

『大和電力城東火力発電所で爆発』

サブに一報を知らせた社会部のキャップは、転がるように内階段を下りて下のスタジオに向かった。連なるカメラの間を走り、差し込み原稿を安積のもとに届ける。

『杉浦幹事長は任意の取り調べに対し、まったく賄賂には当たらない、という趣旨の説明をしているとのことです——』

受け取った安積は、やや緊張した面持ちで初見の原稿を読み上げた。

『ただいま入ってきたニュースです。東京都江東区にある大和電力火力発電所で、先ほど大きな爆発があった模様です——』

モニターを視界の片隅にとどめながら、東海林はスタッフに指示を出す。

「おい、とにかく汐留《しおどめ》の天カメすぐ出せ！」

キー局は都内に相当数の天気カメラを設置しており、任意の映像を放送に流すことができる。方角的にＮＪＢ本社の屋上カメラよりも汐留の天カメの方が炎の全体像がよく見えるはずだ。

映像が天カメに切り替わる。テレビに映し出された発電所からは、予想よりも大きな炎が上がっていた。

「嘘《うそ》だろ……」

記者はいつ現場に着くのか。カメラマンは。報道ヘリは？

頭の中で忙しく考えながら映像に見入っていた東海林のスマホに、ふいの着信があった。画面に映った名前に顔をしかめつつ電話に出る。

『東海林さん、折本です』

「何だ！」

『ネタがある』

東海林は一瞬で後悔した。なぜ出てしまったのか。おそらく自分の中のどこかにある罪悪感のせいだ。彼を二十五階のラジオブースに追いやった負い目が、通話ボタンをスワイプさせた。だが今は彼と売り込みの押し問答をしている暇はない。

「切るぞ」

『ダメだ。聞いてくれ！』

「いまおまえと話してる場合じゃないんだ！」

苛立《いらだ》ちを込めて怒鳴った東海林の耳に、思いがけない返答が届く。

『これはテロだ！』

「……何だって？」

これ、とは発電所の爆発のことか。なぜ折本がそう言い切るのか。怪訝《けげん》に思っていると、スマホから知らない男の声が流れてきた。

『大和電力城東火力発電所に爆弾を仕掛けた』『これから爆破する』

東海林は目を瞠《みは》る。

「何だ今のは⁉」

『さっき俺の番組にかかってきた。この直後に爆発が起きた』

「放送したのか」

『いや、これは音楽を流している間の会話だ』

耳にした事実に、ふつふつと血が沸きたっていく。未報道の、爆破犯からの電話。とんでもないスクープだ！

叫び出したくなる気持ちを抑えて声を潜める。

「……よし、その録音を持ってこい」

しかし折本は『ダメだ』とにべもなく返してきた。

「何だと⁉」

折本の声は、静かな決意を湛《たた》えて低く這《は》い寄る。

『東海林さん、人生っておもしろいよな。キャスターの座を追われ、どん底まで落ちた俺に、こんなことが起きるなんて』

「……とにかく会って話をしよう」

『これは千載一遇の大チャンスなんだ』

「わかってる！　だから早くこっちへ来い！」

『やだね。俺は行かない』

「はぁ!?」

『あんたまた裏切るつもりだろう？』

三ヶ月前、東海林は折本の行く手を容赦なく阻んだ。恨みと不信のこもった問いにイライラと嘆息で応じる。

「……どうしてほしいんだ？」

『「ショウタイム7」に復帰させろ』

「おい無茶言うなよ！」

声を殺して怒鳴ると、相手はしれっと返してきた。

『無理ならこっちだけでやるさ』

「わかった！　……何とかする」

『すぐにカメラをよこせ。あんたもこっちから指示してくれ』

「わかった。いいか、この話は誰にも言うなよ」

『あんたが約束を守るならな。ちなみに今の会話は録音したぞ』

一方的に通話を切られ、東海林は舌打ちをした。クソ野郎が。これじゃ誰がテロリストなのかわかりゃしない。

だがスクープを握られている以上、いまは従うしかない。

東海林は二階にあるサブを出て、スタジオにつながる内階段を下りていった。

番組内では、急きょ差し替えになった原稿を結城が読み上げている。

「先ほど午後七時五分ごろ、江東区の大和電力城東火力発電所で爆発がありました。ただいまご覧いただいているのは、視聴者から寄せられた爆発直後の映像です。建物の奥から大きな炎と煙が上がっているのが見えます——」

隣りで安積が、真剣な表情でフロアディレクターと打ち合わせをしていた。

安積はおもしろみはないが、その分マジメで余計な野心もない。安心して使える駒だった。世間の事件・事故、トラブルは歓迎だが、仕事においては平穏が一番。歳《とし》を重ねた今はとみにそう感じる。

東海林が近づいていくと、フロアディレクターが去る。東海林は身をかがめ、安積に顔を寄せてささやいた。

「折本が特ダネを持っている。爆破犯と電話で話せるそうだ」

若者は目を瞠った。

「爆破犯⁉　……折本さんが？」

「これからラジオスタジオとつなぐ。俺は向こうで指示を出す」

「折本さんを出しても大丈夫なんですか？」

「緊急事態だ。番組にもメリットがある」

「ですが、あの人は……」

元は「ショウタイム7」のリポーターだった安積は、もちろん三ヶ月前の一件を知っている。そんな人物を生放送で使って大丈夫なのか。懸念を伝えてくる相手に、東海林は「心配するな」と強く請け合う。

「あいつが復帰して、おまえがリポーターに逆戻りなんてことは絶対ない」

「そんな……」

「頼むぞ」

「ちょ……っ」

もの言いたげな安積を振り払うようにして腰を上げる。

彼は、きれいな顔をあからさまに不満の色に染めていた。だがもちろん折本と違い、上に異を唱えることなど考えもしない若者は、追いかけてきて声高に自分の不満を主張するようなことはない。

東海林にとって、色々な意味で御しやすい駒だった。

2　章

ロッカールームに飛び込んだ折本は、自分のロッカーを開け、急いで中のものを取り出した。次いで着古したセーターとシャツを手早く脱ぎ捨て、三ヶ月前まで愛用していたオーダーメイドのシャツとパンツに着替える。

学生の頃は、自分がこういうものを日常的に身に着ける立場になるとは夢にも思っていなかった。ただ皆で何かをやるのが好きで、その先頭に立つのが好きな活発な学生だった。

大学生の頃、ＮＪＢに就職した先輩が、折本の企画力とリーダーシップを見込んでテレビ局への受験を勧めてくれたのが、この世界を目指すきっかけになった。そして見事入局を果たした折本は、先輩の言う通り企画力と、自分をプロデュースするスキルによって、主にバラエティの分野でアナウンサーとしてみるみる頭角を現していった。

そして四十歳を目前にした二〇一一年。東日本大震災の発生後に現地に赴いた折本は、報道の仕事に自分の新たな目標を見出《みいだ》した。幸いその希望は受け入れられ、以降、報道部でディレクター、記者、アナウンサーの三役をこなし、ニュースを良質なエンターテインメントに料理する才能に恵まれたジャーナリストとして、八面六臂《はちめんろっぴ》の活躍を見せた。だが保守的で閉鎖的な報道部で、外様《とざま》の折本が出世するのは至難の業だった。

局の看板番組にして報道部の最高峰たる「ショウタイム7」キャスターの地位は、並々ならぬ努力と忍耐の末に得たものだ。奪われたまま指をくわえていられるものか。

鏡の前で手早くひげを当たり、ジャケットとネクタイを取り出すと、いらないものをすべてロッカーに押し込んでまた廊下に出る。

足早に歩きながら、折本は次に社会部の記者、伊東《いとう》さくらに電話をかけた。

「久しぶりだな。今どこにいる?」

『取り込み中です』

短く答える彼女の背後は確かに騒がしい。現場に急行するところなのだろう。

「ちょっと話せるか」

『すみません』

「待て、おい伊東――」

呼びかけた時には、通話はもう切れていた。折本は息をつく。

伊東は三ヶ月前まで相棒と言ってもいい存在だった。折本が「ショウタイム7」を降板させられてから、彼女は何度も連絡をよこしてきた。おそらく唯一、折本の処遇を本心から気にかけてくれた人間である。だが折本は電話を取らなかった。

その振る舞いに対する、これが彼女の答えなのだろう。

折本は切り替えるように頭をひとつ振ると、今度こそ第五スタジオに向けてまっすぐ歩いた。


サブに戻ったところ、窓際に立った頓宮が、遠方の現場を見ながら慣れないリポートをしていた。

「えぇと……消防車や救急車が、城東発電所に向かっているのが見えます。炎の勢いはまだ収まっていません。折本アナは現在情報収集のため外していますが、間もなく……あっ、戻ってきたようです！」

こちらに気づいた頓宮は、あからさまな安堵《あんど》の色を浮かべる。折本はうなずき、彼の前を通り過ぎてブースに入っていった。

「犯人から電話は？」

頓宮が追って入ってくる。

「まだです」

「通報は？」

「してません。上は何て？」

「よし、ご苦労さん。準備して」

「準備？」

折本は手にしていたカバンをテーブルの上に置き、椅子に腰を下ろした。

「トンちゃん、犯人の目的を考えろ」

犯人はわざわざ「トピック・トピック」に電話をかけてきた。相手にしなかった折本たちにしつこく食い下がり、「話をさせろ」と最後までねばった。なぜか。

折本に問われた頓宮は、しばし首をかしげて答える。

「……この番組での発言」

「そうだ」

理由は不明だがあの男は「トピック・トピック」にこだわっている。あくまでこの番組の中で何か話したいのだ。

「犯人から電話がかかってくる。オンエアだ」

折本の指示に、頓宮は「了解！」と力強くうなずいてサブに戻っていった。

折本はゆっくりとヘッドホンを装着する。

失敗は許されない。だがそれは今に始まった話ではない。折本はずっとそういう仕事を続けてきた。慣れている。大丈夫だ。やれる。

サブと目線を交わし、マイクに向かってカフを上げる。

「お待たせしました。折本眞之輔です。先ほどの大和電力城東火力発電所の爆発について、驚くべき事実が判明しました。皆さん、これはテロの可能性が高い。爆発の直前に、犯人を名乗る男から当番組に犯行を予告する電話がありました――」

折本が話をしているさなか、サブで慌ただしく人の動く気配がした。ヘッドホンを通して頓宮が言う。

『来ました！』

折本は目でそちらにうなずいた。

「噂をすればさっそく電話がかかってきたようです。――もしもし。聞こえますか」

『あぁ』

低く陰鬱な声を耳にして、こめかみが熱くなった。つながった。キャスター復帰への糸口を確かにつかんだ手ごたえに、声にも力がこもる。

「まず確認させてください。あなたが城東発電所を爆破したのですか？」

『そうだ。さっき、俺はやると言っただろ？』

「そうですか、わかりました。このままお待ちください。CMの後くわしくお話を伺います」

　折本はサブにCMに切り替えるよう指示を出す。頓宮がいぶかしがる様子ながらも従うのを見届け、カフを下げて席を立った。サブに向かい、犯人とつながっている電話の受話器を取る。

「もしもし」

『おい、なぜ放送を続けない？』

「この後、あんたとの会話はニュースで放送する。『ショウタイム7』だ」

「…………!?」

　サブにいた他のスタッフが驚きに息を飲む。それは電話の向こうの相手も同じだったようだ。しばし間を置いて返してきた。

『……テレビの？』

「そうだ。そっちの方が、あんたにも好都合だろ」

『……そうだな。どのくらいかかる？』

「三分くれ」

『……わかった』

折本は胸をなで下ろした。第一関門はクリアだ。「失礼」と言い置いて電話を保留にする。

その時、スタジオ入口でまた新しい声が上がった。

「すみません、お待たせしました！」

テレビ用の機材を抱えたスタッフたちが列をなしてサブに押し入ってくる。彼らはラジオブースに入っていき、勝手にカメラやマイク、照明を設置し始めた。目の前を流れていく人の列に向け、頓宮が声を張り上げる。

「何なんだ、あんたたち！」

しかし制止はまったく顧みられることがない。

「ねぇ、ちょっと、ちょっと！」

てきぱきと仕事を進めるテレビスタッフに無視された頓宮は、折本に詰め寄ってきた。

「折本さん！　テレビ中継なんて聞いてないですよ！」

「悪い、トンちゃん、急きょ決まったんだ」

ロッカールームで急いでつけたネクタイをきちんと巻き直しながら適当に応じる。

そこへスマホ片手に東海林もやってきた。

「はいはい、スポンサーは大丈夫です、菅野《かんの》さん。お任せください。お願いしまーす。どうも！」

通話を切った東海林から愛想笑いが消える。

「――副社長とは話をつけたぞ。大丈夫か？」

折本はうなずいた。

「もちろん」

「よし」

「東海林さん、ディレクターの頓宮です！　番組を勝手に切られたら困りますよ！」

蚊帳《かや》の外に置かれた頓宮が食い下がるが、海千山千のプロデューサーにかなうはずもない。

「頓宮ちゃーん、ごめんねー。上にＯＫもらってるんだ」

「上って……」

「今度寿司《すし》おごるからさ」

東海林はいつものごとく軽やかに邪魔者をいなすとスタッフを見まわした。

「さぁ準備急ごうか！」

「折本さんー」

頓宮はなお子供のように不満の声を上げた。

看板ニュースからすれば取るに足りないラジオ番組とはいえ、「トピック・トピック」は頓宮の番組だ。断りもなくあれこれ決定されては納得いかないだろう。だが事態はもはや一ラジオ番組の手に負える範疇《はんちゅう》を大きく越えている。

サブに顔をのぞかせたフロアディレクターが東海林に言った。

「伊東記者が現場に到着したと連絡が入りました！」

「よし、いつでもいけるようにしておけ」

機材がセッティングされていくラジオブースの中、着席した折本に音声スタッフがインイヤーモニター、通称イヤモニとワイヤレスマイクをつける。さらに軽くメイクをされながら折本はつぶやいた。

「やはりこういう時は伊東さくらか」

東海林がにやりと笑う。

「二人でスクープ連発してた頃が懐かしいか？」

「…………」

彼女は有能なので安心して任せられる。それだけだ。揶揄《やゆ》を黙殺すると、東海林は「まぁいいや」としゃがみ込み、椅子に座る折本に視線を合わせてきた。

「とにかくまずは犯行動機だ。それを聞き出しつつ、揺さぶるんだ。相手のウィークポイントをつけ。得意だろ？　おまえの言葉で犯人の頑《かたく》なな心を溶かすんだ」

「そしてこれ以上の犯行を思いとどまる。クライマックスは自首の瞬間だ。すごい数字になるぞ」

自信たっぷりに言う折本に、笑顔のまま東海林が問う。

「いけるか？」

「俺は折本眞之輔ですよ」

五年間「ショウタイム７」を引っ張り続け、日本屈指のアンカーとして不動の地位を築いていた。いわばＮＪＢの顔だった。目の前の男に引きずり降ろされるまでは。

折本は相手を見据える。

「他局は犯人の情報を？」

「まだつかんでない。俺たちの独占だ。――始めよう」

東海林がそう言い置いて立ち上がる。

「俺のです」

人差し指を突き付けて牽制《けんせい》すると、彼は苦笑した。棘《とげ》のあるひと言を軽やかに受け流してしまうところが、いかにも曲者《くせもの》のプロデューサーらしい。

折本の二期先輩である東海林は、「ショウタイム7」のみならず、NJB全体に影響力を持つ人間だ。武器は人脈の広さと、人を見る目。彼は折本を「ショウタイム7」のメインキャスターに抜擢し、視聴率を大きく底上げさせた張本人だった。他方、柔和で人の好《よ》さそうな見た目とは裏腹に、会社にとっての汚れ仕事もいとわない調整役でもある。愛想のよい笑みの向こうにあるのは、自分の立場を守るための愛社精神。

——三ヶ月前、まさに会社のために彼は折本を裏切った。

冷静さを揺さぶる怒りを押し殺し、折本はサブに向かった。保留にした受話器を取り上げて犯人に呼びかける。

「いるか？」

『あぁ』

「まもなくオンエアだ。そっちの主張はまとまったか」

『もちろんだ』

「では始めよう」

受話器を置き、折本はブースに戻った。ジャケットをはおり、椅子に腰を下ろしてボタンを留める。カメラを見据える。

「十秒前——」

誰かと手柄を分け合うつもりはない。このスクープは丸ごと自分のもの。再び這い上がるための足がかりだ。カメラの前で、誰の目にも明らかな形で示してやる。

折本眞之輔はまだ終わっていない、と——。

静かに燃え立つ決意を胸にフロアディレクターのカウントダウンを聞く。

「四、三、二——」

CMが明け、まずテレビ画面に映ったのはJスタジオの安積だった。折本はそれをモニターで視界の端に捉える。内心穏やかではないだろうに、若者は表向き冷静に伝えた。

『皆さん、「ショウタイム7」の大スクープです。これから大和電力城東火力発電所爆破の犯人を名乗る男とのインタビューを、独占生中継します。第五ラジオスタジオから折本アナがお伝えします』

前振りの後、映像が切り替わる。久しぶりの感覚に肌が粟立《あわだ》つ。

NJBラジオのプレートを背後に、折本はカメラの前で口を開いた。

「こんばんは、折本眞之輔です。爆破犯を名乗る男から先ほど私のラジオ番組に犯行予告がありました。まずはこれをお聞きください」

録音した犯行予告の音声がテレビで流される。

『大和電力城東火力発電所に爆弾を仕掛けた』『……爆弾?』『これから爆破する』

「この音声は午後七時三分。爆発はこの二分後です。関連性は高い。そして実は、今も犯人を名乗る男と電話がつながっています。――もしもし、聞こえますか」

『あぁ』

陰鬱な男の声が天の調べのように聞こえた。全国放送で爆破事件を起こした犯人と会話をしている。こんなスクープがあるか。おそらく警察も、他局の報道関係者も、いまはこのチャンネルに釘付《くぎづ》けになっているだろう。

折本は力強く切り込んだ。

「いまあなたの一挙手一投足に全国の注目が集まっています。視聴者の代表として、率直な質問をします。まずは動機をお聞かせください。なぜ大和電力城東火力発電所を狙ったんですか?」

『………』

「もしもし、聞こえますか?」

『その前に俺の出演料は？』

「出演料？」

『俺のギャラだよ』

出鼻をくじかれ、折本は言葉に詰まった。

「……テロリストに払うお金はありません」

社会規範に則《のっと》った回答を返すも、男は納得しない。

『俺のおかげで視聴率が上がる。莫大《ばくだい》な利益が出るだろう？』

「それとこれとは話が別です」

『なら他の局に話す』

「…………!?」

それは困る。折本は東海林を見た。近年まれにみるスクープだ。何が何でもモノにしたい。それは東海林も同じはず。だがそのためにテロリストに金を払えば世間からのバッシングは免れない。また犯罪者への支援とみなされ法律にも抵触する。

サブでは東海林がスタッフと何かを話している。どちらも難しい顔だった。ややあって東海林はトークバックで『金額は？』と訊《き》いてくる。

「要求額は？」

折本の問いに、男はこともなげに答えた。

『一億円だ』

「一億……」

『明日までに用意しろ』

ちらりとサブを見れば、東海林はスマホを手に出ていくところだった。上にお伺いを立てるのだろう。簡単にはいかないはずだ。局の重役たちにとっても自分の首がかかってくる。そもそも出演料一億は法外な値段だ。

『払うのか？』

「約束できません」

『それじゃあ無理だな』

「…………っ」

焦燥のあまり額に汗がにじむ。

金を払わずにこの苦境を乗り越えるにはどうするか。折本は血管が切れそうなほど頭をフル回転させた。犯人は何を求めているのか。一番の望みは何か。考えろ。タダでも口を開かせる方法はきっとある。

そう信じ、強い口調で訴える。

「あなたの本当の目的はお金じゃないはずだ！　大切なのは主張する場では？　伝えたいことがあるんですよね？」

『金も必要だ』

「ウチならあなたにすべての時間を割きます！　あなたは何を話したっていい。たとえ話が過激になっても私が何とかします。途中で遮ったり、興味本位の質問もしない！」

カメラをまっすぐに見つめ、情熱をこめて、折本は犯人に語りかけた。だが相手はにべもなく応じる。

『それだけじゃダメだ』

「もちろん出演料は払います。一億に比べたら微々たるものだ。ですが過大な要求には応えられません」

『残念だが今からさらに他の局と交渉する』

折本は焦ってサブを見た。そこでは電話を切った東海林が、こちらに向けて両腕で大きくバツを作っていた。上層部の許可を得られなかったようだ。さらに犯人が別の電話で話す声が聞こえてくる。

『もしもし、関東放送か？』

見えない相手に向け、折本は必死に訴えた。

「他局はあなたの話を捻《ね》じ曲げますよ！　私ほど信頼できる人間はいない！　彼らが気にするのは視聴率だけだ！」

ここまで強引に舞台を整えたのだ。この機会を失えば復帰の可能性は二度となくなる。それどころかラジオの仕事も失うかもしれない。にもかかわらず、犯人は別の誰かと話している。

『出演料は充分だ。明日までに用意できるのか？　はは、ＮＪＢと大違いだな。……よし、すぐに始めよう』

電話の向こうで響く男の声を——意識を、もう一度自分のもとへ引き戻そうと、折本は躍起になって言葉を紡いだ。

「ならなぜあんたは私のラジオに電話してきたんですか!?　最初から金が目的だったら、他の選択肢を選んだはずだ！」

『………………』

男は黙り込む。やはりだ。最初に電話をかけてきた時、男は折本と話がしたいと言い、折本の名前を呼び続けた。何か金以外の目的があったはずだ。わずかにつかんだ真実の尾にしがみつき、全力でたぐり寄せる。

「私なら百パーセントあなたの伝えたいことを言える！　あなたは私を信じて電話してきたんじゃないんですか⁉」

『………』

「俺を選んだのは、あんただろ⁉」

「………」

サブにいるスタッフたちも固唾《かたず》を飲んで見守っていた。ことに東海林は、絶対に逃がしてくれるなと言わんばかりの、すがるような眼差《まなざ》しだ。

折本はテーブルの上にあったメモ用紙を引き寄せると、おもむろに自分の名前を書く。さらにハサミを手に取ると、刃を左手の薬指の腹に強く押し当てた。

「………⁉」

スタッフたちが顔をこわばらせるのを横目に、折本は血のにじんだ指をメモ用紙の名前の下に押しつける。血判の完成である。

そのメモをカメラに向け、折本は再度力を込めて訴えた。

「約束は、守ります！」

カメラが血判をアップで映し出す。まだ乾いていない血が、照明をぬらりと照り返した。サブにいるスタッフの顔は引きつっている。が、犯人は——テレビ画面いっぱいに広がる赤を見て何を思ったのか。

『……いいだろう』

しばしの沈黙の後、男は静かにつぶやいた。イヤモニから、東海林の深いため息とつぶやきが聞こえてくる。

『つかみはＯＫだ……』

折本もまた胸中で拳を握りしめていた。古くさいと言うなら言え。スクープを取るためなら指を切るくらいどうということはない。良識の範囲内で動くことしか知らない若者とは、どだい覚悟が違う。

折本は薬指をティッシュで押さえて止血した。

「それでは改めてお訊きします。あなたの素性や犯行の動機は明かされていません。視聴者が一番関心を持っているのは、なぜ大和電力城東火力発電所を狙ったかです」

男は暗い声音でぼそぼそと応じた。

『……あの発電所は俺の親父《おやじ》が建てた』

「お父さんが、城東発電所を」

『三十年前だ。親父は不動産会社をリストラされ、建築現場で日銭を稼いでいた。病気がちのおふくろと俺たち家族を養うためにな』

『そして六年前、もう一度発電所で工事があった。なんかの拡張工事だと言っていた』

バブル崩壊後だ。折本は二十歳《はたち》前だった。

「三十年前――」

「…………！」

折本は目を瞠った。とある記憶が脳裏をかすめる。

『その時も親父は現場で働いた。悪天候が続いた。だが海外のお偉いさんの視察が予定されていたから工期は延ばせない。国際的な信用とかなんとか言ってな』

「少々お待ちください」

サブでフロアディレクターがカンペをこちらに向けている。そこに書かれているメモを、折本はそのまま口にした。

「……六年前に城東発電所では次世代火力発電所の増設工事が行われています。――同じ年の十一月に千葉でG20が開催されていますので、視察はその関係でしょうか」

次々とめくられていくカンペを読みながら問うと、男は前のめりな勢いで言葉をかぶせてきた。

『やつらは、夜通し働いたら毎日追加で三万円払うと約束した！　たった三万円だ！

でも親父たちは必死に作業した！　すると突然……固定していたはずの鉄筋が倒れてきて、親父は仲間と一緒に下敷きになった……』

初めはまくし立てるように興奮していた犯人の声が、最後の方は嗚咽《おえつ》に変わる。サブで東海林が、落ち着かせろとジェスチャーで指示してくる。

「落ち着いてください」

『謝罪は一切なかった！　大和電力からも、政府からも！　慰謝料はもらったよ。口止め料ってことだ。でも心労がたたって、おふくろも半年後に死んだ……』

嗚咽まじりの声が絞り出され、そして途絶える。折本は努めて冷静に返した。

「……整理させてください。悪天候の中、夜間の工事中にお父様を含む複数の作業員が事故で亡くなられたと……」

サブでＡＤがカンペを出す。

『該当する事故の記録はなし』

折本は鼓動が高くなるのを感じながらそれを読み上げた。

「……六年前、そのような事故はなかったようですが」

とたん、弾けるように男が叫んだ。

『なかったことにされたんだよ！　大和電力と、政府に！』

「…………」

折本はサブでこちらを見つめる東海林に目をやる。こちらの言いたいことを察しているようだ。東海林もまた見つめてくる。余計なことは言うな。彼の目はそう語っていた。

一方で電話の向こうの男は、声を振り絞って訴えてくる。

『親父は家族とのささやかな生活のために必死に働いただけだ！　だがやつらはそんな善良な市民を虫けら同然に扱った！　この気持ちがわかるか!?』

「ええ、想像できます。ですがもう少し具体的に話を……」

折本の言葉が終わらないうちに男は言った。

『それならそこに呼び出せ！　大和電力社長、四方田《よもだ》勇《いさむ》を！』

「……社長を？」

たたきつけられた要求に、さすがに二の句が継げなくなる。男はさらに続けた。

『今すぐ四方田を呼び出し、亡くなった二人と俺たち遺族に対して謝罪させるんだ。四方田はあの時、遺族対応の担当重役だった。当事者なんだよ！』

「……犠牲者とご遺族には謹んでお悔やみ申し上げます」

折本が決まり文句を口にする間に、番組内にテロップが表示される。

い。

『犯人を名乗る男　大和電力社長の謝罪要求』

とんでもない内容だ。何が出てこようと受け止める覚悟だったが、さすがに頭が痛

「ですが、いまこの場に社長を呼ぶというのは……」

『どんな話でも聞くと約束しただろ？』

「ええ、そうですが、あまりにも過剰な要求には応えられません」

折本としてはそう言うほかなかった。

大和電力は、首都圏を供給区域とした日本最大の電力会社である。一九五〇年代後半から火力発電所、一九七〇年代以降は原子力発電所を相次いで建設し、一時は世界最大級の電力供給を誇った。東日本大震災時に原子力発電所で起きた事故の巨額の処理費用をまかなうことができず、実質国有化されたとはいえ、ＮＪＢをはるかに超える巨大企業である。

そこの社長を引っ張り出すなど、折本の一存でできるはずがない。これは他のテレビ局も事情は変わらないはずだ。よって折本は余裕をくずさなかった。

と、男は『いいのか？』と試すように言う。

『あんたのように暴言を吐くぞ』

「今は放送中なので……」

『さっき俺に毒づいたよな？』

「――」

電話がイタズラだと思い込んでいた際のやり取りを思い出し、折本はぎくりとした。だが生放送中とあっては認めるわけにもいかない。

「……私が？　何かの間違いでしょう。えー……」

すっとぼけた折本は話題を変えようとするが、その耳に思いがけない音声が飛び込んでくる。

『へー、バカはよくしゃべる。ならさっさとやれよ、このウスバカ野郎が』

「………!?」

それは、先ほどの電話での折本の発言を録音したものだった。そうと知らない東海林がサブで眉根を寄せる。

『何だ、これは!?』

『このウスバカ野郎が。ウスバカ野郎が。ウスバカ野郎が。ウスバカ野郎が――』

録音がくり返される。自らの発言に追い詰められながら折本は叫んだ。

「やめてください！」

イヤモニの向こうで東海林が指示をする。

『おい、すぐJスタに切り替えろ！』

テレビ画面の映像がJスタジオに切り替わり、それを機に不快なリフレインが止まる。イヤモニを外しながら折本は力の限りに毒づいた。

「ふざけやがって、クソ野郎！」

カフを上げ、サブにいる東海林に向けて怒鳴る。

「何だよ!?」

向こうは向こうで窓越しに怒鳴り返してくる。

『ふざけるな！』

年長者たちが不毛なやり取りをする中、モニターに映るJスタでは、端整な面差しに神妙な表情を浮かべた安積と結城が、礼儀正しく視聴者に頭を下げていた。

『ただいま、折本アナによる大変不適切な発言がありました。お詫《わ》びいたします』

数秒間、深々とお辞儀をした後、頭を上げた安積は、すかさず犯人と思われる男に呼びかける。

『えー、ラジオスタジオとの中継が途切れてしまったようなので、こちらから続けます。聞こえますか？　「ショウタイム7」の安積征哉です』
だが男の声は低く応じた。
『折本眞之輔は？』
『メインキャスターは私です。私がお話を伺います』
強い口調での安積の宣言に、男は声を荒らげる。
『やつを出すんだ！　おまえじゃダメだ！』

ラジオブースに東海林が飛び込んできた。犯人の挑発に動揺して醜態を晒《さら》した折本を罵倒する。

「何やってんだ！　おまえ素人かよ!?」

折本はこわばった顔で相手を見上げた。

「東海林さん、六年前……」

「……あぁ……」

二人の間にそれ以上の言葉はなかった。長い間胸の奥底に封じてきた記憶である。

今さら掘り返されることになろうとは。

男が折本にこだわるのは、そのあたりが理由なのか。だとしてもいまの折本には、この状況を踏み台にして再びのし上がるしか選択肢がない。男を自首へと誘導し、感動的なフィナーレを迎える。その着地点にたどり着けなければ未来はない。そのためであれば何であれ受け止める覚悟だ。

ふとモニターを見れば、折本を出せとわめく男と、できないと答える安積アナによる攻防が続いていた。

「おい。何だ、あれ……！」

折本はモニターに向けて怒鳴った。思わずラジオブースを出てスタッフに詰め寄る。

「なんでＪスタ《あっち》に行ってるんだ⁉」

『なぜ折本アナでないといけないのですか？』

安積の抗弁に、爆破犯を名乗る男は感情を昂《たかぶ》らせた様子で怒鳴り散らす。

『そんなこと、おまえの知ったこっちゃない！　早く折本を出せ！』

『ちょっと落ち着きましょう。あなたのおっしゃっていることは――』

気圧《けお》された様子ながらも、結城アナが安積の援護にまわる。だがお茶の間で人気の二人の対応にも、男の怒りが収まることはなかった。

『折本を出せと言ってるんだ！　でなけりゃ早く大和電力の社長を呼べ！』

『ですが……！』

若いアナウンサーに太刀打《たちう》ちできる相手でないのは明らかだ。

「あの男は俺を指名してきたんだぞ！　どいつもこいつも！」

「折本、おまえちょっと頭を冷やせ」

なだめようとした東海林に、折本は人差し指を突き付ける。

「あんた、これじゃ約束とちがう！　また俺の手柄を横取りする気か！」

「何言ってんだよ」

こうしている間に男が気を変え、電話を切ってしまったらどうする気か。

折本は東海林の手からトランシーバーを奪い、Ｊスタにいる結城アナに向けて怒鳴った。

「おい小娘、いいから俺にまかせろ！」

高圧的な折本の物言いと犯人の無茶な要求、双方に対して顔をしかめ、結城は言い返してくる。

『だからそれはできないって言ってるじゃないですか！』

混乱の中、男が苛立ちまじりにつぶやいた。

『いいのか？　まだ爆弾はあるんだぞ』

『爆弾？』

『他の場所も爆破するつもりなのですか？』

結城と安積が共に身を乗り出す。

『そうだな、他の場所も、だ』

『それはどこですか!?　聞こえますか？』

素人のように食いつく結城に向け、男は放り出すように返した。


『そこだよ』


結城が左右を見回すなか、突然、彼女の目の前にあったバウンダリーマイク――テーブル上に設置された、小皿を伏せたような形状のマイクが爆発する。大きな音と共に煙が立ち上り、結城は悲鳴を上げて失神した。

「――――!?」

サブの面々がモニターに釘付けになって見守る。スタジオはにわかに騒然となった。

椅子ごと倒れそうになった結城は、とっさに安積に支えられたものの、意識を取り戻す様子はない。

『結城さん!?　結城アナ!?』

動揺しきった安積が声を張り上げる。

『ちょっと誰か来て！　早く！』

東海林が色を失ってつぶやいた。

「おいおい、ヤバいってこれは……！」

Jスタジオのサブにいる矢吹が、インカム越しに叫ぶ。

『いったん中継に逃げます！　伊東さん、お願いします！』

『――はい』

モニター内の矢吹と伊東のやり取りを背中で聞きながら、折本は第五スタジオを後にした。このままでは埒《らち》が明かない。足早にJスタに向かう。

何もわかっていない若手のせいで、テロリストとの直接対決という、せっかくのスクープが台無しだ。一方で高揚する気分もあった。番組が折本を引っ込めて犯人を怒らせたおかげで、思いがけない展開になった。スタジオ内での爆破とは、インパクトが大きくて申し分ない。

一階に降りるエレベーターを待っている間、廊下壁面のモニターを眺める。そこには現在、爆発の起きた現場で中継をする伊東記者の姿が映し出されていた。

立ち入り禁止のテープが張られ騒然とした現場で、パトカーの赤色灯と炎上する発電所を背後に、伊東は冷静にカメラを見つめている。

『いま私がいるのは、大和電力城東火力発電所の北、およそ一キロの距離にある、石油化学プラントやガスタンクが密集するエリアです。ここから先は警察によって規制線が引かれ、立ち入ることができません。ご覧のように、画面の左奥で大きな火の手が上がっています。城東発電所には現在六つの火力発電施設がありますが、爆発したのは現在は稼働していない旧式の二号機だと推定されます――』

折本はスマホでSNSをチェックした。


『ショウタイム7、完全に放送事故で草　カオスすぎるだろｗｗｗｗｗ』

『【リアルタイム速報】ラジオ番組に犯行予告が入る↓大和電力城東火力発電所で爆発↓ショウタイム7で犯人の独占インタビュー↓犯人は一億円を要求↓犯人は大和電力社長の謝罪を要求↓「ウスバカ野郎」のエンドレス再生ｗ↓マイク爆発で結城アナ退場（今ココ）』

『ドッキリ的な何か？　さすがに爆発はやばい。』

『早く犯人捕まって欲しい』

『折本眞之輔がショウタイム7に復活！　テロリストvs折本眞之輔』

「…………」

抑えきれない興奮に胸が躍る。

今この瞬間、「ショウタイム7」が全国的な注目を集めているのはまちがいない。

折本眞之輔復帰の舞台としてこれ以上理想的な状況があるか。そう考えると若いキャスター二人の奮闘も前座としては悪くない。事態が彼らの手に余ることは誰の目にも明らかだった。その上での一時中断。

そこに真打ちが登場する。

折本は振り仰いでエレベーターの階数表示を見る。

天井を知らない勢いで上がっていく視聴率のグラフが、そこに見えるかのようだった。

3　章

Ｊスタジオでは、まだ爆発の混乱が尾を引いていた。近づいていった折本は、出口から列になって出てくる一般の観覧客たちとすれ違う。スタジオの中に入っていくと、気を失って倒れた結城アナを、フロアディレクターと安積がスタジオ脇のソファへ運び、介抱しているのが目に入った。

他のスタッフは避難する観覧客の誘導に当たっている。折本も逃げる彼らに声をかけた。

「皆さん、落ち着いて。転ばないように」

気づいた安積が、すかさず駆け寄ってくる。

「折本さん、何してるんですか！」

そっちこそ、仮にもキャスターが放送中に何をやっているんだ。——説教を胸にしまい込み、折本は静かに返した。

「あいつは俺としか話さない。悪いがちょっと借りるぞ」

「え、ちょっと待ってください……っ」

不満そうな安積を残してセットの方へ足を進める。そうしながら折本は、浮足立ったスタッフに呼びかけた。

「みんな大丈夫か？　大変な状況だが、今が踏ん張りどころだ。仕事に戻れる者は戻ってくれ。がんばってショウタイムを続けるぞ。絶対に止めるな！」

右往左往していたスタッフは、それで冷静さを取り戻したようだ。騒然としていたスタジオに秩序が戻ってくる。

折本はジャケットを脱ぎ、セット中央のテーブル前——メインキャスターの立ち位置に立つ。

と、反射的に走り寄ってきた音声スタッフが、折本にイヤモニとワイヤレスマイクを装着する。

折本は二階を振り仰ぎ、サブにいる矢吹を呼んだ。

「一平、いるか⁉」

『はい！　お久しぶりです！』

イヤモニ越しに聞こえてくる声は弾んでいる。折本はカメラを見つめてうなずいた。

「いつものようにいくぞ、ついてきてくれ」

『わかりました！　――みんな、折本さん準備できたらスタジオいくよ！』

サブも心配なさそうだ。いける。

「そんな……」

あっという間に現場をまとめ上げた折本を、安積が不満そうに見つめてきた。だがこの状況に異を唱えてもムダだと察したのだろう。おとなしくカメラの後ろに引き下がる。

些事《さじ》にはかまわず、折本は中継先の伊東記者に呼びかける。

「伊東さん、スタジオの折本です」

『…………!?』

向こうで一瞬息を飲む気配があった。しかしすぐに『はい！』と返事が来る。

「最新の被害状況はわかりますか」

『はい』

スタジオ内のモニターに彼女の姿が大映しになった。

『爆発した二号機は旧型の火力発電施設で、現在は稼働していませんでした。周囲にも作業員はいなかったようで、今のところ怪我人《けがにん》の報告はありません。ただ敷地内には百二十人ほどの職員がいたということで、引き続き安否の確認を続けています。

――スタジオの皆さんは無事でしょうか？』

「結城アナは気を失っていますが、どうやら無事のようです。外傷はありません。観覧の皆さんにも怪我はないようです」

折本はジャケットをはおる。頭の中でやることの段取りをつけ、冷静な高揚と共に「ショウタイム7」のテーブルに一人で座る。

『わかりました。新しい情報が入り次第、またお伝えします』

カメラ越しに目を合わせ、折本は伊東と小さくうなずき合った。阿吽《あうん》の呼吸が今も通じることに勇気づけられる。

『スタジオに戻ります！』

矢吹の声と共にテレビの映像がJスタジオに移った。モニターにキャスター席の折本の姿が映し出されると、安積が顔をゆがめる。

ここは俺の席だ。

全国民に伝えるつもりで、折本はまっすぐにカメラを見据えた。

「お待たせしました。折本です。聞こえますか？」

陰鬱な男の声が『あぁ』と響く。折本は爆発によって混乱したスタジオに目をやった。

「これは一体どういうことですか？」

『あんたが誠実じゃないからだ』

「誠実であろうと努めています」

『だがさっきは罵倒した』

「はい。それについては謝罪します」

あの時はまだ爆発も起きておらず、電話がイタズラだと決めつけた。その判断は確かに早計だった。

「申し訳ありませんでした」

折本は頭を下げる。それでも男はくり返した。

『裏切られたよ』

「……いくらそう言われても、過大な要求に応じることはできません」

『ならいいんだな』

「？」

『あんたの場合は軽傷じゃすまないぞ』

次に期待を裏切れば、ということか。折本はひるまず応じた。

「脅しですか？　屈しませんよ」

『へぇ、どうかな』

その時、折本のイヤモニが異音を発した。

「え？」

ひどく不快な信号音だ。まさか、と目を見開く。男は淡々と言った。

『あんたにも爆弾を仕掛けた』

スタッフから悲鳴が上がる。思わず耳に手をやろうとした折本を、男が鋭い声で制止した。

『外そうとしたら爆発するぞ！』

折本の手が止まる。男はさらに言い放った。

『スタジオから出ようとしても、俺の命令に背いても爆発させる。その頭が吹っ飛ぶのを全国民が目撃する。俺は見てるぞ！』

「…………！」

素早くスタジオの中を見まわした折本の目が、階段の手すりに結束バンドで括《くく》りつけられた監視カメラを捉える。折本がキャスターを務めていた時にはそんなところにカメラはなかった。おそらく最近犯人によって設置されたものだろう。ここの動きは最初から筒抜けだったのだ。

男は強い口調で命じてきた。

『スタジオにもまだ爆弾を仕掛けてある。早く扉を閉めろ。一人も出すな！』

言葉通り、Ｊスタジオの複数の場所からかすかな異音が聞こえてくる。折本のイヤモニと同じ、奇妙な電子音だ。

『早く！』

急《せ》き立てる男の声に逆らえず、番組スタッフがスタジオの防音扉を閉める。先ほどの退避の際に何らかの理由で動けず、逃げ損ねていた一般の観覧客からかすかな悲鳴が上がった。スタジオにはまだ若干名、そういった観覧客が残っていたのだ。もちろん番組スタッフも大勢いる。

まずいな。折本は眉根を寄せた。

あらかじめスタジオ内に監視カメラをつけ、爆弾を配置しておく。周到な準備からは、男が最初からこのスタジオを標的としていたことがうかがえた。

いや、狙われていたのは「ショウタイム７」というより折本だろうか。

「なんで俺に……」

折本はカメラに向けて訴える。

「どうしてこんなことをするんですか？」

『人質だ』

男の声はひんやりと乾いていた。折本はその冷たい感触の中に踏み込んでいく。

「なら教えてください。そもそもなぜ私に電話したんですか」

『あんたを知らないやつはいないだろ。NJB屈指の人気アナウンサーで、硬派なネタに切り込ませたら右に出る者はいない。六年前からは看板番組「ショウタイム7」のメインキャスターとして、伊東さくら記者と一緒に数々のスクープをものにしてきた。しかし突然三ヶ月前に……』

「話を元に戻しましょう」

折本は男の言葉を遮った。男は怒るでもなく言う。

『折本眞之輔の話なら皆が信じる。社会的な影響力が大きいあんたが言えば、大和電力も謝罪に応じるはずだ』

「…………」

『でもやっぱりちがったようだ』

揶揄するような物言いに反論する。

「待ってください。できることと、できないことがあるでしょう」

『わかった。つまり、大和電力の四方田は来ないんだな?』

「……それについてはお答えできません」

来ないと言いきれば、また何をするかわからない。そんな警戒から明言を避けた。スタジオの中にいる面々が不安そうな面持ちで折本を見つめてくる。

『………』

長いようで短い沈黙が降りる。ややあって犯人がつぶやいた。

『そうか』

次の瞬間、再度激しい爆発音が上がった。スタジオの照明がカタカタと揺れる。

「………？」

何があったのかと周囲にめぐらせた目が、スタジオのモニターに留まる。

大きなモニターにはＮＪＢの天カメ映像が映っていた。大和電力城東火力発電所の敷地内にある建物で、新たに大きな炎が上がっている。黒々とした煙もともない、これまでになく勢いがある。

「――――……」

延焼による事故か？　いや、これも犯人の仕業か。折本の言葉から四方田の謝罪について期待できないと察し、また爆発を起こしたのだろうか？

衝撃を受けながら、キャスターとしての意識で冷静さを保つ。

「……大和電力城東発電所でまた爆発があった模様です」

映像が中継に切り替わる。現場のスタッフは無事なのか。祈る気持ちで呼びかける。

「現場とつなげます。伊東さん！　伊東さん、聞こえますか？」

何度か呼びかけたところ、ややあって伊東記者の声が返ってきた。

『……はい、たったいま、また大きな爆発がありました。先ほどの爆発地点の左側で、新たな炎が上がっているのが確認できます。三号機のあるあたりでしょうか――』

彼女は、新しい爆発が起きたと思われる場所を手で差し示すも、大きくノイズが入っていた。機材の故障か。うまく映らない映像が、かえって現場の緊迫感を伝えてくる。

「映像が乱れていますが、伊東さん、三号機というのは現在稼働中の発電施設でしょうか？」

問いをくり返していると、犯人の声が淡々と告げる。

『あんたのせいだ』

「いい加減にしてください。こんな奇行をくり返せば、交渉事なんて到底無理です！」

『……ならもうやめたよ』

「え？」

『大和電力はいいや』

子供が飽きたおもちゃを放り出すように犯人が言った。折本は怪訝な思いで問う。

「どういうことでしょうか？」

『日本国内閣総理大臣、水橋孝蔵の謝罪を要求する』

またもや唐突に飛び出した、とんでもない要求にスタジオがざわめいた。

「水橋総理の……？」

折本のつぶやきと、サブにいる東海林の声が重なる。

『総理って……』

この流れで首相を呼び出すなど正気の沙汰ではない。だが犯人はとくとくと語った。

『大和電力と自由党はズブズブなんだろ。幹事長なんていくらもらってるんだよ。長年大和電力の横暴を許してきたのは自由党、つまり政府の責任だ。ということはすべての責任は水橋総理にある』

スタジオ内が静まり返る。不安や緊張というより、あきれて物が言えないのだろう。

『犯人は水橋首相の謝罪を要求』

テレビ画面にまたテロップが表示された。折本は咳払《せきばら》いし、控えめに意見する。

「論理が飛躍している」

が、相手は聞く耳を持たなかった。

『十分やる。もし水橋総理が来なければ全員死ぬ。スタジオを爆破して、おまえたちが死ぬところを世界中に生中継してやる。発電所にもまだまだ爆弾は仕掛けてあるぞ。全部爆破したら首都圏は大停電だ。大変なことになる』

「官邸からここまで十分では無理です」

ごく常識的な答えを返した折本に、男は子供のように癇癪《かんしゃく》を起こした。

『総理が、そこで、事故について、謝罪をするんだ！』

「そんなにコロコロと条件を変えられて、こちらがすぐに動けるとでも思っているんですか？　自分の言っていることを理解していますか？」

『理解してなきゃここまで用意周到にできないだろ？　いいのか？　大勢死ぬぞ。またあんたのせいで』

「…………！」

男からの電話が本物と信じなかった折本のせいで最初の爆発が起きた。そしてたった今、四方田の謝罪についてごまかしたせいでまた爆発が起きた。もし次の爆発がスタジオで起きれば、いまここにいる全員の命が危険に晒される。

冷や汗をかく折本に、犯人はのんびりと告げた。

『自首ならしてやるさ。総理の謝罪さえあればな』

責任ある者の謝罪。やはり犯人の一番の目的はそこにあるようだ。

両親の命が失われた一連の件について、理不尽だったと認めてほしい。国が無茶な要求をしなければ、起きなくてすんだ悲劇だと世に訴えたい。それこそが犯人の願いなのだ。

だとすればその怒りは誰にでも理解できる。声なき声を責任ある者に届けるため、他に手段がないと思いつめた末の暴挙。そう考えればニュース的な価値も高い。

そう、これは「ショウタイム7」で取り上げるに値するニュースだ。そして社会的立場の弱い犯人の側に立って権力者に訴える役目は、ジャーナリスト・折本眞之輔をおいて他にない。

「……わかりました」

『おいおいおい……！』

サブにいる東海林がうめく。

それにはかまわず、折本はカメラに向けて訴えた。

「水橋総理。『ショウタイム7』をご覧になっていますか？　一般の方々が人質に取られています。直ちにしかるべき措置をお取りください」

『直接呼び出せ！　あんたは関係者を知っているはずだ。電話しろ！』

「…………」

鋭い指示は、折本の覚悟を測っているかのようだ。

確かに折本は「ショウタイム7」の顔として働いた五年の間、政府中枢にいる人間たちとも人脈を築いてきた。しかしそれはこんなところで使うためではない。もしいま折本が彼らに接触すれば、今後の付き合いが絶望的なものになることは容易に想像がつく。

だが――。

「……わかりました。電話します」

何をしでかすかわからない犯人からの要求である。人質もいる。突っぱねられるはずがない。

『折本、やめろ!』

イヤモニから、ひどく慌てる東海林の声が聞こえてきた。責任は彼のもとにも及ぶだろう。それについてはほんのり復讐心《ふくしゅうしん》を満たされる。

「電話しなければ人質が危険です。私がかけます」

折本は自分のスマホで電話をかけると、キャスター席にある受話器とつなぐ。だが呼び出し音が鳴るだけだった。

「現在は応答を待っている状態です。このまま連絡を続けます」

すると、鳴り続けるコール音に焦《じ》れるように犯人がつぶやく。

『まだ出ないのか？』

「電話はかかっています」

『嘘ついてるんじゃないだろうな？』

「お待ちください」

その時、ようやく電話がつながった。

「兼子《かねこ》さんですか？」

『はい』

硬い声音が答える。折本は内心息をついた。カメラに向けて言う。

「内閣官房危機管理審議官の兼子健祐《けんすけ》さんです。兼子さん、いま『ショウタイム７』をご覧になっていますか？」

『はい』

「なら話が早い」

兼子審議官は、以前海外のテロ組織に対する政府の対策について取材した際に知り合った相手である。それ以降、同様のネタについて取材する際には真っ先に連絡を取った。

自分が知る中で、彼は総理の安全に深くかかわる人物だ。

折本は単刀直入に切り出した。

「テロリストの要求はご存じですか?」

『承知しています』

「もう時間がありません。水橋総理は今どちらに?」

テレビ画面の下に水橋総理の写真が表示される。

兼子は杓子定規《しゃくしじょうぎ》に応じた。

『安全上の理由から申し上げられませんが、私たちは事態を重く受け止めています』

「では総理はこちらに?」

『状況を総合的に勘案して適切に対処してまいります』

「これは一刻を争う事態です。犯人の要求は総理の謝罪です」

『対策を検討中です』

「危機的状況であることを理解していますか?」

『もちろんです』

兼子の回答は決まり文句ばかりで、到底「危機的状況であることを理解している」

とは感じられない。おそらく視聴者もそう受け止めているだろう。

折本はさらに深く切り込んだ。

「政府が何もせず被害が増えれば、国民は黙っていません。ただでさえ幹事長と大和電力の関係が取り沙汰されている時期です。対応次第では疑惑ではすまなくなりますよ。水橋総理は来ますか？」

『………』

「兼子さん？」

くり返し呼びかける。

『折本ー！　それ以上煽《あお》るなー！』

イヤモニから東海林の必死の声がもれた。相変わらず権威に弱い男だ。

一方で兼子は隙がなかった。政治家の身辺で働く人間の手本のごとく簡潔に答える。

『最大限の努力をします。失礼します』

「兼子さん！」

通話を切られ、折本は受話器を置いた。

「……内閣官房の兼子危機管理審議官でした。くり返しますが、これは大規模なテロです。総理にはしかるべき早急な対応をお願いしたい」

『総理が来なければ恐ろしいことになる』

犯人の言葉に折本もうなずいた。

「わかりました。私もそう思います。ですがもう少し時間をください。十分では無理です」

『折本さん、黙って』

イヤモニを通し、知らない女の声が聞こえてきたのは、その時だった。

『犯人にそこまでバカ丁寧に応えなくていい。——この事件を担当している警視庁公安部の園田《そのだ》です。ここからは私の指示に従って』

偉ぶるでもない平坦《へいたん》な口調には、命令に慣れた響きがあった。従わなければ痛い目を見るのはこちらだと暗に伝えてくるかのよう。

だが彼女の登場は、膠着《こうちゃく》した事態に見えた一筋の光でもあった。

『いま犯人の居場所を追跡しています。もうすぐわかる。時間を稼ぎたい。いい？』

「…………」

折本は沈黙で応じる。もちろん園田の声は、犯人には聞こえていない。

『スタジオの今の状況を映して』

彼女の指示により、映像がスタジオを見下ろすクレーンカメラのロングショットに切り替わる。折本もそれに合わせた。

「ご覧ください」

言葉と共に、カメラがスタジオにいる人々に寄っていき、その表情を映す。

避難時に取り残された一般の観覧客は、直接フロアに座り込んで不安げな様子だった。スタッフたちも緊張で顔が曇っている。彼らがどれだけのストレスの下にあるのか、視聴者にもよく伝わるはずだ。

「こちらが今のスタジオの状況です。ここにいるのはスタッフだけじゃない。一般の視聴者の方もいます。ここまでしなくてもよいのでは？」

男は陰鬱な口調でぼそりとつぶやいた。

『こうでもしないと皆、俺の話なんて聞かない』

「人質に罪はありません。亡くなられたお父様と同じ善良な市民です」

『だから？』

「我々全員を殺すつもりですか？」

『いや、助けるさ。そして俺は自首する。総理が過ちを認め謝罪すれば、すべて終わるんだ』

「ならもう少し時間をください」

『簡単なことだろ！』

進展のないやり取りに焦れたように、男は声を荒らげる。折本もつい言い返した。

「簡単なことではないんです！」

『興奮しないで！　冷静に！』

瞬時に園田のダメ出しが飛んでくる。

だが進展のなさに焦れているのは折本も同じだった。多少人質を取ったからといって、一国の総理をそうそう簡単に引っ張り出せるものか。少し考えればわかりそうなものだ。

テロリストが人質を取った場合、それに対応するのは警察の仕事である。仮に人質がテロリストに殺されたとしても首相の責任にはなりえない。そもそも「テロリストとは一切交渉しない」というのが政府の基本方針。常識的に考えれば、首相が出てこない確率の方が高い。

だが水橋首相の支持率は、就任以来下がる一方だ。彼が「国民の声に真摯に耳を傾ける首相」というイメージを作るために、この状況を利用しようと考えないとも限らない。

来ない確率が高いと思いつつ、自分と人質の安全のため、わずかな期待にすがるしかない。それが折本の現状だ。――同時に、首相来訪の可能性が限りなく低いことを、犯人に気づかせないようにするのもまた、折本の役目だった。

「……私は最初の約束通り、あなたの思いをねじ曲げずに伝えている。突飛な要求にもできる限り誠実に対応しているつもりだ。その努力はわかりますよね？」

『努力だけじゃダメだ！』

わめく男に負けない勢いで、園田が注文をつけてくる。

『犯人を刺激せずに！　何とか引き延ばして。あなたの対応にすべてがかかっていることはわかるでしょう!?』

「――――……」

無茶言うな!!　という叫びを、折本は飲みこんだ。

どいつもこいつも勝手な都合を押しつけてくる。こっちがカメラの前にいて余計な真似《まね》ができないからと思って、このウスバカどもが！

胸の中で罵倒し、怒りをため息と共に吐き出す。イライラしている。自分で思う以上に疲れているのかもしれない。

折本は自分を落ち着かせた。

人質の命は自分の振る舞いにかかっている。園田によれば、犯人についての捜査は進んでいるようだ。信じるしかない。とにかく時間を稼がなければ。犯人をこれ以上怒らせず、そうと気づかれずに時間を稼ぐにはどうすればいいのか。

『おい、どうした⁉』

煽ってくる男に、自制を重ねて返す。

「少々お待ちください」

そしてイヤモニから何か連絡を受けたように装う。

「……まもなく官邸から返事が来るとの連絡がありました。もう少しだけお待ちください」

『信用できないな』

男は白けた返事をよこす。

爆弾魔がえらそうに。こみ上げる侮蔑を胸に隠し、折本はカメラに向けて微笑《ほほえ》んだ。

「その間、せっかくの『ショウタイム7』です。この時間を利用して世論調査をしませんか？」

『世論調査……？』

男が怪訝そうにつぶやく。サブで矢吹が『お！』と声を上げた。

折本はうなずく。

「あなたもご存じでしょう。『ショウタイム7』といえば『ザ・世論調査』です」

「ザ・世論調査」は「ショウタイム7」の人気コーナーだ。番組の内容に沿ってキャスターがお題を出し、視聴者に二択で問う。視聴者はテレビのリモコンでそれに応え、集計を取る。

「今日のテーマは――『水橋総理は謝罪するか』。視聴者の皆さん、総理が『する』と思うならリモコンの赤ボタンを、『しない』なら青ボタンを押してください。制限時間は三十秒。さぁ、スタートです！」

サブにいる矢吹が、すかさず「ザ・世論調査」のコーナーのＣＧ画像と効果音とを流すようスタッフに指示をする。

『おまえ、勝手に何してるんだ⁉』

慌てる犯人の声に、折本は恬《てん》として応じた。

「あなたも興味あるんじゃないですか？」

『投票数、すごい数です！』

イヤモニから矢吹の興奮した叫び声が聞こえてくる。『あいつ……！』という東海林の苦々しい声も。

「さぁ、総理は謝罪するのか、しないのか！　審判の時はもうすぐです！」

折本の声にかぶさるように、終了十秒前のカウントダウンが始まり、投票が締め切られた。

カメラに向けて身を乗り出す。

「さぁ、さっそく結果を見てみましょう。投票結果は――」

しばし焦らすような効果音の後、結果が画面上に表示された。

『する』22％
『しない』78％

スタジオ内が少しざわめく。絶望的なため息がもれる。

折本は表情を引き締め、カメラに向けて真摯に訴えた。

「結果は圧倒的に『総理は謝罪しない』！　水橋総理、国民があなたを見る目は厳しい。人命よりもメンツを重んじていると思われています。支持率が低迷している中、この判断は致命的でしょう。このイメージを払拭するためにも、直ちにしかるべき措置をお取りください。総理、まだ間に合います！」

4 章

薄暗いサブでは、スタッフ全員が高い位置にあるモニターに見入っていた。白けた顔をしているのは警視庁公安部の女刑事くらいだ。

もちろん東海林も、明るいセットの中にいる男を振り仰いでいた。まぶしい。やはり折本にはあのキャスター席がふさわしい。

「いやぁ、折本さんさすがですね。生き生きしてますよ！」

ディレクターの矢吹が感嘆のため息をもらす。彼は折本が「ショウタイム7」のキャスターに就任した時からずっと一緒に働いていた。折本に心酔するスタッフの一人だ。

キャスターの頃の折本には、周囲を惹《ひ》きつけてやまないカリスマ性があった。自分の正義を信じてぐいぐい突き進むやり方は強引で、取材対象の顰蹙《ひんしゅく》を買うことも少なからずあったが、そんな折本だったからこそ取れたスクープも多く、番組スタッフも今よりやり甲斐《がい》を感じていたはずだ。

「やりすぎだろ……」

渋い顔でつぶやきながら、東海林は自分がいつもより心を弾ませていることを認めずにいられなかった。

なんてやつだ。自らの命が脅かされ、警察の公安までが出張《でば》ってきているこの状況で、「ザ・世論調査」までやってのけるとは。

まさに水を得た魚である。彼は逆境でこそ真価を発揮するタイプだ。臨機応変に、あらゆる手を使って徹底的に取材をし、同時に視聴者に対して硬派なニュースを娯楽的に見せることも忘れない。折本がキャスターをしていた頃の「ショウタイム７」は、ニュース番組とは思えないほどの高い視聴率を毎日獲得していた。

それは彼が、自由にやるためには視聴率を稼ぐ必要があると理解していたためだ。逆に言えば視聴率さえ高ければどんな無茶も許されると信じていた節がある。

だが実際はちがった。テレビ業界には、他にも考慮に入れなければならない裏がある。

もっと折本とニュース番組をやりたかった。だがそれはかなわなかった。彼のまっすぐすぎる正義感のせいだ。

警告はした。だが彼は聞く耳を持たなかった。高視聴率をバックに、あくまで真実の追求にこだわった。「雰囲気」にとどめることをよしとしなかった。

手の打ちようがなかった。

後悔はない。謝るつもりもない。東海林とて会社を守るために自分の仕事をしただけ。

東海林のスマホが鳴る。画面には副社長の名前があった。急いで電話に出る。

「あ、菅野さん。……はい、はい、すみません。……あ、それはもうすぐにでも、はい――」

「ショウタイム7」の空前の視聴率に満足しながら、仮に何かが起きた際の保身も忘れない上役の指示を、平身低頭して拝聴する。

そんな中、サブの入口近くにいたスタッフが、何かを矢吹に耳打ちしているのが目に入った。矢吹が思わずといった様子で入口に目をやる。逆光でよく見えないが、誰かが立っている。

「ちょっとお待ちください」

矢吹が上ずった声でこちらを振り向く。

電話をしながら、東海林はまた新たな局面が生じたようだと察した。

＊

スタジオで折本は必死の呼びかけを続けていた。

「このままでは再び爆発が起こるかもしれません。犠牲者が出る可能性もあります。可及的速やかな判断が求められています。総理！」

懸命に訴えながら、頭のどこかではこの事態を起こした元凶について考える。

犯人は一体どういう人間なのか。こんなことをするだけの能力があるなら、まともな仕事に就いて稼ぐことができそうなものだ。

声の感じからすると若いようだが、親を失い、自分には何もなくなったと思い込んで暴走してしまったのだろうか。それとも何か、両親の死に謝罪を求める以外の意図がまだあるのか。

犯人は監視カメラでJスタジオを見ていると言っていた。今どんな顔で見ているのだろう？　自分の要望が届くことを願って見つめているのか、それとも必死な折本を見て溜飲《りゅういん》を下げているのか、笑っているのか、怒っているのか、無表情か。思い描こうとするも、想像はまとまりかけた端から消えていく。

彼は六年前の事故の関係者だという。「ショウタイム7」を狙ったことといい、折本への執着はまちがいない。はたして折本に何を求めているのか。

本当にただネームバリューを利用しようとしただけとは、どうしても思えない。

何か強い思いがあって、今もどこかのモニターに映る折本の顔を見据えているのではないか。

そんな気がしてならない。

「総理！」

水橋首相への呼びかけに応える報《しら》せは何もなかった。このまま続けたところで進展は望めない。犯人の注意を引きつけて時間稼ぎをするのにも限界がある――。

そんな折本の考えを読んだかのようなタイミングで男が告げた。

『もういい』

「え？」

『充分待った。もう終わりだ』

口調はひどく投げやりだった。

『誰も来るはずない。大和電力も、国も、初めから謝罪する気がないんだ。人の命なんてどうでもいいんだよ！』

「待ってください！」

『結局あいつらはこんなもんさ。さぁ、どこから始めるかな。まずは大和電力だ。東京中が大変なことになるぞ！』

「待ってください、総理は来ます……っ」

自暴自棄とも言える発言に焦りが募る。その時、Ｊスタジオを見下ろす二階のドアが開く音がした。

ハッとしてそちらを見れば、園田に付き添われた人影がひとつ立っている。老人だ。

『誰だ！　勝手にドアを開けたな！』

犯人の怒鳴り声に、イヤモニから聞こえてくる矢吹の早口の説明が重なった。

『折本さん、犯人の関係者です！　説得できると言っています！　城《じょう》と言えばわかるそうです！』

『スタジオから爆破する！』

わめく犯人に、すがる思いで折本は声を張り上げた。

「城さんという方をご存じですか⁉」

一瞬、男が息をのむ気配がした。

『……城……？』

「その方がスタジオに来ています。あなたとお話があるそうです。お会いになりますか？」

犯人からの応えはなかった。折本は強引に話を進める。

「ご了承いただいたということでいいですね。今からお越しいただきます。城さん、お一人です。いいですね」

断りを入れ、スタジオの二階の入口にいる園田に向けて手を振った。彼女に促された老人が階段を下りてくる。地味な背広を身に着けた小柄な男だ。ゆっくりとした動きをカメラが追う。

『城先生……』

犯人の反応からは、いまひとつ感情がうかがえなかった。

折本は男をスタジオのゲスト席に案内する。すぐさま音響スタッフがやってきて、城にワイヤレスマイクをつけた。

この人物が事態打開の鍵になればいいのだが。そんな期待を胸に、折本も向かいの席に腰を下ろす。

「お名前をお聞かせください」

「城大作《だいさく》です」

「犯人とはどういうご関係ですか？」

「彼の高校時代の担任教師です」

「高校の先生。——城さん、もう少し詳しく教えてください。どちらの高校ですか？」

しかし城は質問に答えず、カメラに向けて勝手に話し始めた。

「城だ。久しぶりだな。繁藤《しげふじ》くん。君、繁藤寛二《かんじ》だろう？」

その名前に、折本は殴られたような衝撃を受ける。それまで、手の届かない遠くにいた犯人像が、急に間近に迫る感覚があった。

「繁藤、寛二……」

イヤモニの中で、東海林もまたかすかにうめく。

『……繁藤……!?』

城はカメラを見つめ、力強く訴えた。

「テレビで声を聞いてすぐにわかったよ。単刀直入に言う。自首しなさい」

「城さん……」

ただでさえ気が昂っている相手への無造作な物言いに、緊張の糸がピンと張る。案の定、繁藤と呼ばれた男は『なに……？』と不穏な反応だった。

「自首するんだ！　今からならまだ遅くない」

『……失《う》せろ』

「君の気持ちは充分にわかった」

『出ていけ！』

「すぐカッとなるのは昔のままだな。落ち着いて賢明な判断をしなさい。君の気持ちは無駄にしない」

『謝罪がない限り俺は捕まらない』

「いや、すぐに見つかるに決まっている。色々な人に迷惑をかけるぞ。わかっているのか⁉」

　まるきり素人の発言だ。

　声を荒らげる城の前に、折本は慌てて割って入った。

「城さん、冷静に話しましょう。それでは逆効果です……っ」

　テロリストとの交渉は、相手の事情も汲《く》み、共に解決していこうと寄り添う姿勢を見せるのが鉄則だ。一方的に相手のやり方を否定し、従わせようとするのは愚の骨頂。交渉どころか、相手の神経を逆なでする結果になりかねない。――という定説の正しさを証明するかのように、繁藤はこれまでにない怒りを見せた。

『あんた本当は同情なんてしてないんだろう⁉　高校の時だって、理解ある顔をしながら、家が貧乏な俺を陰で笑っていた。知ってるんだ！　聖人ぶって偉そうなことを言うな！』

「私は君のために、そして人質となっている方々のために、わざわざこんなところまで来ているんだ！　だが無駄だったようだな。君とはもう無関係だ」

『俺が求めているのはおまえの説教じゃない！　総理の謝罪だ！』

　繁藤の激昂《げっこう》を受け、城は折本の前で嘆かわしげに息をつく。

「繁藤君は昔からこうだったんですよ。負け犬のようにいじけた根性で……」

　もちろん折本はうなずかなかった。焦燥のあまり脇の下にいやな汗がにじむ。助《すけ》っ人《と》が来たなどと期待したのがまちがいだった。これでは火に油を注ぐだけだ。

「城さん、そんな言葉を使っては――」

　老人をなだめにかかった矢先、繁藤は怒髪天を衝《つ》く勢いで反論する。

『おい、待てよ！　誰が負け犬だって？　汚職するやつよりマシだ！　こいつは入試の口利きで保護者から賄賂を受け取っていたんだ』

　今度は城が顔色を変えた。

「賄賂!?　なっ、何を言ってるんだ！」

『立派な収賄罪だ。あんただって犯罪者だろ』

「何を言い出すんだ！　気がちがったのか、繁藤！」

『だまれ！』

「――」

なんという人間を送り込んできたのか。折本は矢吹を恨んだ。時間稼ぎになるという唯一の利点もかき消えそうだ。

折本は老人に向け、重ねて言う。

「城さん、スタジオには爆弾があります。冷静にお話しください」

「そもそもテレビが本気でおまえなんかの言うことを聞くわけがないだろう！」

「もうやめましょう！」

興奮する老人をなだめようと、折本は手を上げて制止した。このままでは人質の安全にかかわる。

その時、城のワイヤレスマイクが異音を発し始めた。ひやりとする。だが頭に血が昇っている老人は、気づかずに暴言を吐き続ける。

「父親と一緒だな。浅はかなやつだ！」

『……貴様……っ』

繁藤の低いつぶやきと共に、城のマイクの異音が大きくなる。折本は懸命に訴えた。

「繁藤さん、落ち着いて」

『もう遅い』

「繁藤さん！」

『この裏切り者！』

繁藤が吠《ほ》えた。その瞬間、城の胸元にあったマイクが爆発する。大きな音に、スタジオの人質たちから悲鳴が上がった。

老人は苦悶《くもん》の表情を浮かべて椅子から転げ落ちる。

立ち込める煙が晴れた後、咳《せ》き込みながらそちらを見れば、老人は床に倒れ込んだまま、ぴくりとも動かなくなっていた。身体の下に少しずつ血だまりが広がっていく。

「――――……」

モニターを見れば、折本の手や顔にまでぽつぽつと血の染みがついていた。爆発の際に飛び散ったのだろう。

老人の死亡を受け、スタジオ内はパニックになった。

『動くな！　そいつに近づくんじゃない！』

興奮した繁藤の怒声に、悲鳴はますます大きくなる。

『みんなスタジオから絶対に出るな！　出たらまた爆破する！　監視しているぞ！』

そこで繁藤との通話が切れた。ついに人の命を奪った。そのことに向こうも平静ではいられなかったのか。

サブのほうも放心状態だ。イヤモニから、呆然とした矢吹の声が聞こえてくる。

『……提供にいきます』

スタジオにあるモニターを見れば、上野公園の夜桜中継の映像に重ねてスポンサー企業の名前が表示されていた。

今頃視聴率は大変な数字になっているはずだ。頭の隅をそんな考えがかすめる。宣伝効果はともかく、スポンサーはこの事態に何を思っているだろうか。

生放送の緊張、そして爆破の緊張から、つかの間とはいえ解放されたJスタジオの人質たちも放心状態だった。

そんな中、安積が何かに気づいたようにスマホを見た後、血相を変えて誰かと電話を始めるのを視界の端に捉える。こんな状況で、とちらりと考えた折本に、サブにいる東海林がイヤモニを通して言った。

『……折本、もうやめよう。後は警察に任せる』

「──────」

スタジオで犠牲者が出たことに、さすがの東海林も弱気になったようだ。だが──。

折本は現場を見まわした。意気消沈した観覧客とスタッフ。モニターの中で懸命に中継を続ける伊東。彼らは全員、繁藤の復讐に巻き込まれたのだ。そしてそれはまだ終わっていない。

『おい、折本、聞いているか？』

「……何言ってる」

折本の気持ちは変わらない。むしろますます奮い立つばかりだった。他人の手に委ねるなんてとんでもない。繁藤にとってこれが復讐なら、自分にとっては奪われたものを取り戻すための、この上ないチャンス。唯一の突破口だ。だいたい目の前にあるこの混乱、この忍耐と悲嘆、そして繁藤の怒りを報じないで、この先何を報じるというのか。

「こんなところで終われない。ここからが本番じゃないか――」

『人が死んだんだぞ！』

東海林の怒声に、折本はうつ伏せに倒れている老人を見つめて返した。

「だからこそだ。もう一度やつは電話してくる。そこからが勝負だ」

最前線で命を張っている自分にこそ繁藤は訴えてくる。生の感情をぶつけてくる。視聴者も見ている。尻尾を巻いて逃げるわけにはいかない。

『ダメだ、これ以上進むのは危なすぎる！　わかるだろ！』

わめく東海林の言葉にかぶせるように、園田が指示を出してきた。

『ちょっと待って！　人質もいます！　放送を続けて！』

そもそも警察は何をしているのか。折本はイライラと園田に怒鳴った。

「まだヤツの居場所はわからないんですか⁉」

『繁藤寛二の情報が入りました。両親は六年前に死亡。現在三十三歳。工業高校を卒業後、大田《おおた》区の建設会社で発破技師をしています』

「そんなことはどうでもいい」

折本は、自分の顔についた血をハンカチでぬぐう。

「アイツは自分の目的を明かしている。総理の謝罪さえあれば、自首すると言ってるんだ！」

『その確証はありません』

園田は冷ややかに一蹴する。

その瞬間、自分のあずかり知らぬところで、すでに結論が出されたことを悟った。首相が要求に応じる可能性はゼロではなかったはずだ。だが一連のやり取りを通して、彼らはＮＯと判断した。

「あんた……人質の命はどうでもいいのか？」

『人質は無事に助ける。そして犯人も捕まえる』

「どうやって？」

『犯人がかけてきた電話の解析を進めています。その結果が間もなくわかる』

断固とした返答は鉄の壁のようだ。決して揺るがず、体温のない、一般人と首相とを隔てるシェルターの壁。折本がどうあがこうと傷ひとつつけることのできない、体制という壁面の前に立ち尽くす思いで、ハンカチに染み込んだ血を見つめる。

「園田さん」

『はい？』

「……総理は来ないんでしょう？」

彼らは切り捨てた。起きなくていい事故で父親を失った繁藤の叫びも。このスタジオに閉じ込められ、命の危機に晒されている人質たちの安全も。首都圏が停電するかもしれない可能性すら。首相の体面と安全を守るため目をつぶることにした。

折本の顔に笑みが浮かぶ。なぜ少しでも信じたのか。彼らの思考はよく知っているはずだったのに。

『失礼──』

誰かに呼ばれたように、園田が席を外す気配があった。黙り込んだ折本は、ふと、スタジオの陰から自分を見つめる視線に気づく。安積だ。しばらく誰かと電話をしていた彼は、スマホをしまいながら、鋭い目つきでこちらを睨《にら》んでいる。

「…………」

彼を押しのける形で、強引に番組を横取りした。それで腹に据えかねているのだろう。

安積は人一倍正義感が強く、本来は記者志望だった若者だ。ルックスがいいためアナウンサーでの採用となったが、根は変わらず実直に報道に向き合ってきた。以前は折本のことも慕ってくれていた。「あなたが目標です」と言ってくれたこともあった。だが「ショウタイム7」を降板した時から、彼の態度は一変した。

折本の後任として、突然メインキャスターに抜擢されたことへの緊張からか。前任者と比べられ続けるストレスか。あるいは降板の際に流れた噂を耳にして、距離を置こうと考えたのか。

安積はそれ以降、折本とはきっぱりと袂《たもと》を分かち、顔を合わせることもなかった。

イヤモニからかすかに電話の鳴る音が聞こえてきた。サブにかかってきたのか。折本は物思いをしまい込む。

矢吹が声を張り上げた。

『繁藤です！』

現場に緊張が走る。

『いいか、折本。軟着陸させるんだ。頼む！』

懇願する東海林と、矢吹の声が重なる。

『スタジオに戻ります！』

折本はキャスター席に戻った。ゆっくりと深呼吸をしてから口を開く。

「……折本です」

『話はまとまったか？』

繁藤の声も落ち着いていた。折本はまっすぐにカメラを見つめる。

「繁藤さん、お待たせしました。総理は間もなく到着します。謝罪する用意があるようです。ただし私からふたつお願いがあります」

『何だ』

「謝罪を受けたらテロ行為をやめ、速やかに自首すること」

『もちろんだ』

「そして総理の謝罪は直接、このＮＪＢのＪスタジオで、あなたが直《じか》に受けること」

『何だと？』

「ここにお越しいただければすべて終わります。あなたの希望通りに」

『嘘だ。待ち構えて逮捕させるつもりだろう？』

「それはありません。逮捕は謝罪の後です」

『信じられるか！』

吐き捨てる繁藤の言葉にも、折本は顔色ひとつ変えなかった。

もちろんこれは時間稼ぎである。そもそも首相に謝罪の意思はない。このスタジオに現れることもない。条件はすべて折本の独断によるでまかせだ。

だが折本は真摯にカメラを見つめる。

「私を信じて電話してきたんでしょう？」

『はぁ？』

繁藤の反応には小馬鹿にする響きがあった。

「ちがうんですか？」

折本なら自分の主張に耳を傾ける。全国に報道する。——そう信じたからこそ折本の番組を事件の舞台に選んだのではなかったのか。

「繁藤さん？」

『……そもそも、おまえは信じるに足る人間なのか？』

「何ですって？」

『おまえは信頼できる人間なのか、と訊いてるんだ』

「何の話です？」

『安積に訊いてみろ』

その言葉と共に、カメラマンの後ろから安積が進み出てきた。潔癖な若者は、端整なおもてに厳しい表情を浮かべている。

「折本さん、こんな時に申し訳ありませんが、あなたが関与したとされる疑惑について、先ほど信頼性の高い情報を入手しました。繁藤寛二さんからです」

「……どういうことですか？」

先ほど、安積が電話をしていた相手は繁藤だったというのか。自分を差し置いて、彼は安積に電話をしたのか。なぜ。疑惑とは何だ。

混乱の中、安積の険悪な視線を受け止める。

「質問をします」

「やめてください」

「はっきりさせた方がいいですよ」

「この事件と何の関係があるんですか？」

「ないなら、なおのこと早くすませましょう」

強硬な姿勢に、胸の奥で危険信号がともる。しかしその時、イヤモニが例の異音を発し始める。これも繁藤の計画のようだ。

少なくとも時間稼ぎになるだろう。折本はうなずいた。

「わかりました」

手で先を促すと、安積はさらに一歩進み出てくる。

「折本さん、あなたは長年にわたって、ＮＪＢを代表するアナウンサーとして活躍してきました。相手の懐に入って本音を引き出す話術。ショーマンシップあふれるパフォーマンス。誰にも真似できません。憧れであり、目標だった」

安積の口調には、あながち芝居とも言えない熱がこもっていた。だがその熱は、折本にとって歓迎すべきものではないようだ。こちらを見据える目を見ればわかる。

「五年前、あなたはこの『ショウタイム７』のメインキャスターに就任しました。自らカメラをまわして最前線で取材し、時には強引な手段もいとわない。その結果、数々のスクープをものにしてきました。それが去年の末に突然、降板した」

「…………」

「単刀直入にうかがいます。アブシルの薬害疑惑が理由ですね？」

折本は驚かなかった。薄々、安積がその件に引っかかりを持ち続けていたことは察していたためだ。

不意打ちの追及に息をのんだのは、むしろ東海林のほうだった。イヤモニからそんな気配が伝わってくる。

「去年、鷺沼《さぎぬま》製薬が開発したがん治療の新薬アブシルに認可がおりました。異例の早期承認です、夢の薬だともてはやされました。しかし『ショウタイム7』ではいち早く副作用の危険性について警鐘を鳴らしていた。もちろんその先頭に立ったのはあなたです。しかし、突然その追及はやんだ」

「………」

安積は、そこで大きく息を吸った。

「折本さん、あなた、鷺沼製薬から賄賂を受け取りましたね？」

「は？」

予想外の質問に、折本は思わず素の声をもらした。

「バカバカしい」

「否定するんですね」

「当たり前だ」

折本としてはまったく心当たりのない指摘だった。だが安積は、失望のていでため息をつく。そして自分のスマホを折本に掲げてくる。

「これが証拠です」

次いで安積は、スマホをカメラに向けた。

「あなたと鷺沼製薬の役員とのメールです。先ほど繁藤さんが送ってきたものです。二千万という金額も記載されている！」

スタジオのモニターに大映しにされたメール画面の映像には、たしかに安積の言う通りの内容が記されていた。だがそのようなメールを折本は受け取った覚えがない。もちろん賄賂の事実もない。

とはいえこの映像は全国に放送されている。目にした視聴者は一体どう考えるだろう？

血の気が引く思いで折本は首を振った。

「何だこれは！　こんなものは知らない！」

『どうなんだ？』

繁藤が問う。安積に疑惑を吹き込み、出所の怪しいメール画面を送ったのはこいつか。

「繁藤さん、あなた、一体何がしたいんだ……!?」

遮って、安積がさらに続けた。

「番組がアブシル疑惑の追及を止めたのと、あなたと鷺沼製薬に関する噂がネットを中心に広がったのは同じ時期です。ほどなくしてあなたは『ショウタイム7』を降板した。収賄が明るみに出れば終わりだ。しばらくおとなしくすれば、世間の風当たりも弱くなるだろう。そう考えて、身を引いたのではないですか!?」

「――――……」

「折本さん、答えてください」

疑惑を追及する――真実を白日の下にさらす正義感に満ちたジャーナリストの顔で、安積は迫ってくる。実際、彼はそのつもりでいるのだろう。

「……安積さん、それはあなたの推測にすぎない。いま問題なのは、なぜこのテロリストが私を陥れようとしているのかだ。――繁藤さん、あんたは何がしたいんだ！」

苛立ちと怒りのないまぜになった思いで声を荒らげる。繁藤は安積の質問をくり返した。

『あんたは鷺沼製薬から金をもらったのか!?』

「もらっていません！」

『なるほど、よくわかったよ。よーく、わかった』

「…………っ」

揶揄する声音と共に通話が切られた。

怒ったのだろうか？　折本が不正を行ったと、どういうわけか繁藤は思い込んでいるようだ。

そうこうしているうちに、何やらサブの方が騒がしくなった。警察に動きがあったのか、園田の指示が飛んでくる。

『折本さん、犯人から電話が来たら、もう少しだけねばって！』

相変わらず一方的だ。時間稼ぎのおかげで、こちらは社会的な信用を失いかけているというのに。だが重い気分は、矢吹からの報告で吹き飛んだ。

『伊東さんからです！　警察車両が浜崎町《はまざきちょう》二丁目の藪田《やぶた》ビルを包囲しているようです！』

繁藤が急に電話を切った理由はこれか？

折本は気持ちを切り替えてカメラに向かった。

「最新情報が入った模様です。伊東記者とつなぎましょう。――伊東さん」

スタジオのモニターに伊東記者が映る。

『はい』

宵闇の中に映る発電所は、先ほどよりは炎が小さくなっているように見えた。

『城東発電所の火災は間もなく鎮火する模様です。現在稼働している四号機から六号機にも異常はなく、大規模停電の恐れはないということです』

「犯人に関しての新しい情報は？」

『はい、ここから二キロほどの距離にある、築五十年の雑居ビルに潜伏しているとの情報があります。取り壊しが決まっていて、ほとんどのテナントはすでに立ち退《の》いています』

「――――」

　ついに繁藤の尻尾をつかんだか。折本は興奮を抑えて訊ねた。

「そこから城東発電所が見える距離でしょうか」

『そのようです。警察関係者によると携帯電話の位置情報から場所を割り出したとのことで、このビルに犯人が潜伏しているのはまちがいないようです』

「伊東さん」

『はい』

　先ほど矢吹から聞いた、浜崎町二丁目という住所を思い返す。以前、城東発電所を取材した際に何度か歩いたことがある。

「該当するビルの近くには保育園があるはずです。取り残されたお子さんがいないかどうか、確認して下さい」

『わかりました。確認しましたら私たちも現場に向かいます』

相変わらず伊東とのやり取りはスムーズに小気味よく進む。

小さく息をついたところで、折本のスマホが着信を告げた。知らない番号だ。新たな情報提供者かもしれない。

本番中だが、迷った末に電話に出る。

「もしもし」

『俺だ』

相手は繁藤だった。

「なぜ私の携帯を？」

思わず訊ねてから安積に目をやる。彼が教えたのか。

『いいか、最後のチャンスをやる』

繁藤の声は落ち着いていた。失望と怒りを孕《はら》んだ冷静さだ。折本も静かに返した。

「あなたは包囲されている。もう逃げられませんよ」

スタッフがトランスミッターを渡してくる。折本は自分のスマホをそれに接続すると、通話を放送にのせられるようにセットした。

再び繁藤の声がスタジオ内に響く。

『まだ俺を捕まえることはできない。なぜならまだおまえが真実を言っていないからだ。おまえしか知らない真実だ』

「なに？」

『あんたがそれを告白したら、俺は投降する。だが告白しなかったら、おまえを含めてそこにいる全員を殺す』

「何だと？」

囚《とら》われた人質たちから悲鳴が上がった。蒼白《そうはく》になった安積が「折本さん！」と叫ぶ。

折本は困惑した。警察がすぐそこまで迫っているというのに、繁藤は逃げる様子もなく悠然と構えている。彼は最初から逃げるつもりはないようだ。この期に及んで人質全員の命を盾にして求めるものが、折本の知る真実だと？　正気じゃない。

おかしい。最初から何もかもどこかおかしかった。

ここに至るまでの無数の情報をひっくり返し、折本は答えを探す。

「……繁藤さん、あなたの本当の目的は、大和電力の四方田社長や水橋総理の謝罪なんかじゃない。最初から私が目的だったんじゃないのか⁉」

大スクープという餌を撒《ま》いて折本を罠《わな》にはめた。そうとも知らず張り切る折本を弄び、少しずつ化けの皮を剥いでいった——そう考えれば、ころころと変わり続けた発言にも説明がつく。

「おい、答えろ！　あんた、あの時——」

問い詰めようとした折本を遮り、繁藤は朗らかな声を張り上げた。

『ここで「ショウタイム」名物の「ザ・世論調査」だ！』

場違いな陽気さがスタジオの中で奇妙に浮く。スタジオとサブ、双方が沈黙に包まれた。今はそんな状況ではない。マトモな精神状態であればそう考えるはずだ。だが繁藤は一人で突き進む。

『折本が真実を告白するならリモコンの青ボタン、告白しないと思ったら赤ボタン。制限時間は三十秒だ！』

それでもサブでは、矢吹が投票画面を表示させる。

「折本眞之輔は真実を告白するか」。——画面左下に「する」、右下に「しない」の文字が出る。

『——いいか。用意、スタート！』

繁藤の声と共に、投票を促す音楽が流れた。

「…………」

折本は深く息をつく。どうにでもなれと思いつつ、三十秒からのカウントダウンを見守る。

矢吹が興奮に上ずった声を上げる。

『信じられない投票数です！』

三十秒はあっという間にすぎた。締め切りを告げるチャイムが鳴る。

『さぁ、結果を見てみよう』

そして表示された集計結果は惨憺《さんたん》たるものだった。

『する』12％
『しない』88％

「…………」

絶望感がスタジオを押しつぶす。

折本もまた言葉を失った。国民があなたを見る目は厳しい――つい先ほど水橋総理に放った言葉が、自分の胸に突き刺さる。

皆の胸中を代弁するかのように、安積が声を上げた。

「折本さん、疚《やま》しいことがあるのなら今言うべきです。あなたはジャーナリストでしょう⁉　自らの行動を偽るのは、報道に携わっている仲間、そしてこの番組を見ているすべての皆さんへの裏切り行為です！　それはあなたが一番わかっているはずだ！」

正論を振りかざす安積の目はまっすぐだった。糾弾は正しいと信じている。

自分がテロリストの手先になって冤罪《えんざい》を生もうとしている。その可能性を、ほんの少しも考えていないようだ。会ったこともなければ素性もよくわからない人間の言うことを、裏取りもせずに鵜呑《うの》みにするのがジャーナリストのやることか。

今後、機会があれば言ってやらなければならない。

……機会があればの話だ。折本はスタジオの天井を振り仰ぐ。

我が意を得たりとばかり、繁藤が追い打ちをかけてきた。

『さぁ、どうするんだ折本⁉』

「真実……」

一体何に気づけばいいのか。彼は全国民に、自分の両親の不当な死について訴えた。それがこの事件を起こした目的だったはずだ。

とぼけていると考えたのか、安積がテーブルに身を乗り出してくる。

「折本さん！」

その時、イヤモニから伊東の声が聞こえてきた。

『警視庁の特殊部隊が、犯人が潜伏していると思われる部屋を包囲しています』

『切り替えるよ！』

矢吹の声と共に、テレビ画面が中継映像に切り替わる。

『突入のタイミングをうかがっている模様です』

伊東の声に、皆の目がスタジオのモニターに集まった。

ビルの屋上から、最上階にあるベランダへ、特殊部隊がロープを伝って降りていく。

映像を見ながら折本は考え続けた。

「……俺しか知らない……真実……」

映像を見守る伊東が声を張り上げる。

『たった今、閃光弾《せんこうだん》が撃ち込まれました！　特殊部隊が突入しています！』

テレビ画面の中で、真っ暗な室内に向けて閃光弾が投げ込まれた。強い光が弾けると共に煙が上がり、特殊部隊がいっせいに突入していく。

「………」

スタジオにいる全員が、生中継される突入の映像を固唾をのんで見守った。だがなかなか画面に動きがない。

カーテンの閉められた室内で、幾つものフラッシュライトが探索するように行き交っている。

交錯する光線を見つめるうち、折本の脳裏にひらめくものがあった。

そうか、繁藤は気づいていたのか。あの件で折本が見返りを得ていたことを。だからアブシル疑惑の噂も頭から信じ込んでしまった。

しばらくして伊東が報告した。

『犯人は部屋にいません！　すでに逃亡した模様です！』

空振りか。スタジオ内からは大きな落胆のため息がもれる。

折本の前では、安積がテーブルに両手をつき、真剣な表情で咎《とが》める眼差しを向けてくる。

キャスターの立場を失うまいと、目の前のチャンスに飛びついたのは、彼も同じか。

頭の片隅でちらりと考えた後、折本は意を決して口を開いた。

「……繁藤さん、やっとわかりました」

5　章

『……繁藤さん、やっとわかりました』

テレビ画面の中で折本が間抜けなつぶやきをこぼす。

繁藤はその姿をじっと見つめていた。

許せない六年前の一件。繁藤の母親の死について、責任の一端が自分にあることにようやく気づいたか。

六年前――就職した会社でマジメに働き、仕事が軌道に乗った頃に、父親の事故の報せを受けた。

その内容にはどうしても納得がいかなかった。大和電力の管理体制に不備があったようだが、どれほど懇願しても詳しいことは教えてもらえなかった。結局、慰謝料で丸め込まれ、黙るしかなかった。理不尽な対応への怒りは尽きなかったが、一介の会社員にできることは何もなかった。

そもそも繁藤家には昔から試練が付きまとっていた。バブル崩壊のあおりを受けて、父親の勤め先の会社が倒産し、失業。同じ頃、祖父も、執拗《しつよう》な地上げに苦しんだ末に経営していた工場を手放さざるをえなくなった。母親が病気がちだったこともあり、家計はずっと苦しかった。

だがそれゆえに家族の絆《きずな》は強固だった。工業高校へ進学した寛二が発破技師を始めとする様々な資格を取り、早々に就職を果たしてからは、暮らしも多少上向いた。父親の事故は、そろそろ日雇いの建設作業員のような厳しい仕事から身を引き、もう少し楽な仕事を探してはどうかと勧めようとしていた矢先のことだった。

悲しみに沈む家族のもとに、折本はヒーローのように現れた。当時寛二は会社の寮に入っており、母親から話で聞くばかりだったが、その頃からNJBの番組によく出てくる折本の顔を、希望を抱いて見つめるようになった。彼は確かに、社会的地位の高い相手に対してもひるむことなく切り込み、見ている側が胸のすくようなニュースを報道していた。寛二も、この人ならと信じた。

この人なら弱者の無念を晴らしてくれるかもしれない——。

だがその期待は裏切られた。彼の力をもってしても現実は変えられなかった。失望は大きく、それ以降テレビのニュース番組は見なくなった。

その折本が三ヶ月前、急に番組を降板させられたとSNSで知った。NJBは理由を明らかにしていないものの、アブシル疑惑にからんで製薬会社から賄賂を受け取ったため、とネットに書かれていた。そうと知った瞬間、血が逆流するような激しい怒りを覚えた。

もしやこいつが繁藤家に近づいてきたのも、そういう目的があったせいか。正義のジャーナリストを気取る一方で、私欲のためにニュースを利用してきたのか。

彼を信じた人を、今までにどれだけ踏みにじってきたのだろう？　汚い手でどれだけ稼いだのだろう？　そのことへの後悔や反省はあるのか。いや、あるはずがない。許せない。こうなったら全国民の前で彼の罪を告発し、正体を暴いてやらねば。そして彼を信じるすべての視聴者の前で謝罪させなければならない！

六年前の失望への憤激が甦《よみがえ》り、繁藤の理性を焼き尽くした。

「もう遅い」

繁藤は電話に向けて言った。

『繁藤さん！』

「もう遅いんだよ！　もう終わりだ！　すべて終わりだ！　みんな殺すがまずおまえからだ！　懺悔《ざんげ》しながら死ね！」

怒鳴り散らしながら、繁藤は手元のリモコンを操作した。仕事道具を少々改造したものだ。テレビに映るスタジオの中で、折本が装着するイヤモニが異音を発する。不快な電子音は、スタジオの他の場所からも複数上がっている。

『まだ時間はある！　話を聞いてくれ！』

人質たちがパニックになる中、折本が往生際悪く食い下がってきた。

『頼む！　繁藤さん！』

カメラに映るスタジオでは、大勢が逃げ場を求めて右往左往していた。阿鼻叫喚《あびきようかん》の中、折本はキャスター席に座ったままこちらに呼びかけてくる。

『まだだ！　まだ終われない！』

食い入るようにカメラを見る瞳は、繁藤のテロ計画の全貌を世に知らしめるまでは引き下がれないという必死さに満ちている。腐ってもジャーナリストということか。

いや、どうせ視聴率目当ての悪あがきだろう。そっちがそのつもりなら――。

繁藤は電話に向けてつぶやいた。

「伊東さくらさん、聞こえるかい？」

番組のスタッフが素早くカメラを切り替える。

あらかじめ用意しておいたダミーの隠れ家――警察が犯人の潜伏先と特定した廃ビルの近くにいた伊東記者が画面に映る。彼女は繁藤からの直接の呼びかけに驚いた様子だった。

『……はい？』

「あんたはどう思う？　折本は悪魔に魂を売ったのか？」

『………』

「あんたは長い間、折本とコンビを組んで取材を続けてきた。権力におもねらず、視聴者に媚《こ》びない姿勢は大きな支持を得ていたはずだ。それなのに、どうして折本は番組を降ろされたんだ？　悪魔に魂を売ったからか？」

折本の近くにいる人間に、それを訊いてみたいと思ったのは、ちょっとした興味だった。

元相棒を悪《あ》し様《ざま》に言うか。あるいは擁護するか。

テレビの画面が切り替えられる。伊東の顔がテレビ画面に大きく映った。

折本と番組のスタッフが——そして全国の視聴者が見守る中、伊東は毅然《きぜん》と答える。

『いいえ。私は折本さんを信じます』

「……そうか」

繁藤は鼻で笑った。彼女はまだ折本に裏切られたことがないか、あるいは同じ穴の狢《むじな》なのだ。

次いで若いキャスターに声をかける。

「安積さん」

『は、はい』

呼びかけに応じる安積をカメラが映した。

「あんたはどう思う？」

『え……』

「折本は悪魔に魂を売ったのか？」

安積はこっち側だ。先ほど電話でやり取りしてわかった。三ヶ月前の不自然な降板と、アブシルにまつわる疑惑が、彼の中ではしっかり結びついている。自分と同じように、折本への信頼と期待が大きかった分、裏切られた反動も強かった。

折本を見つめて、安積ははっきりと言った。

『……はい。まちがいなく』

その言葉に勇気づけられた。自分は間違っていない。

「折本さん」

『はい』

キャスター席で、彼は神妙に答えた。

『『ショウタイム7』のキャッチフレーズは？』

『…………』

『『ショウタイム7』のキャッチフレーズは？』

『…………』

黙ってカメラを見つめる折本に、繁藤は「早く！」と急かす。

『……「私たちは公正かつ公平な姿勢で、真実に、迫ります」』

言葉のひとつひとつを嚙《か》みしめるような折本の返答を聞いて、ほの暗い苛立ちが湧きあがる。

偽善者め。どの口でそれを言うのか。なぜ今になっても、まるで自分に恥じることはないとばかり、堂々と胸を張っているのか。罪人なら罪人らしく卑屈に振る舞えばいいものを。

立場をわからせてやろうと、繁藤は迫った。

「公正って何だ？」

『…………』

「公平って何だ？」

『…………』

「真実って何だ？」

『………』

「真実って何だ⁉」

『それは……』

折本は言いあぐねる様子ながらも口を開く。カメラの向こうにある、無数の視聴者の視線を意識したのだろうか。

そう、これは公開裁判だ。折本は全国放送で裁かれる。「ショウタイム7」メインキャスターの椅子にはふさわしくない人間だと、裁判員たる視聴者の目に示される。

さしずめ繁藤は裁判官か。

『繁藤さん！』

中継現場から伊東が叫んだ。

『あなたの目的がわかりません。大和電力社長の謝罪を求め、総理の謝罪を求め、今度は折本アナを攻撃している。あなたは一体何がしたいんですか⁉』

何がしたいか？　そんなの言うまでもない。

繁藤は、キャスター席で黙り込む折本を見据えた。

堕《お》ちたヒーローだ。彼を信じていた。彼なら無念を晴らしてくれると思っていた。

だが裏切られた。

彼はヒーローではなく、ヒーローのように振る舞っている俗物でしかなかった。

それなら自分でやるしかない。自分で正義の鉄槌《てっつい》を下すしか。

「……そろそろエンディングだ」

＊

幕を下ろす言葉に折本は覚悟を決めた。イヤモニから聞こえる異音がますます大きくなる。それはスタジオのそこここで響き、逃げることもできず、ただ身構えるしかない人質たちが悲鳴を上げた。

爆発が近いと誰もが察した。そんな中、テレビ画面の端に表示された天気予報が折本の目に入る。東京の明日の天気は晴れ。降水確率ゼロパーセント。スタジオの外に流れる日常との落差に眩暈《めまい》がした。そう。世間は何も変わらない。たとえ今ここで爆発が起きたとしても、それで人生が変わる人間は限られている。繁藤の告発にしても、一体どれだけの人の心に届いたというのか。しょせんひとつのニュースとして消費されるだけの情報だ。

それでも。――それでも、自分はここで命を懸けた。最後まで前を向いて報道を続けた。それが真実だ。

後悔はない。思いがけず落ち着いた心地でスタジオ内を見まわした折本の目が、倒れている城に留まる。

上着の内ポケットから落ちたのか、すぐ近くに眼鏡が転がっている。その黒縁眼鏡を目にして、うめきそうになった。

「………!?」

そうだ。思い出した。あの時に見かけた。確かに。

そんな中、イヤモニの異音——神経を不快にひっかく電子音がいよいよ甲高くなる。

爆発が近い。

「なんなの、これ！」

意識を取り戻した結城アナが両耳を押さえる。安積は絶望の面持ちで目をつぶった。

スタジオ内が人質の悲鳴と泣き声で満たされる。しかし——。

不快な電子音は、ふいに止まった。

スタジオが静寂に包まれる。

折本はあることを確信し、おもむろにイヤモニを外した。勝手に取ったというのに何も起こらない。

やはりそうだ。

「爆発は起こりません。そうでしょう、繁藤さん？」

安積が「え？」とつぶやいた。

倒れた城の姿を一瞥《いちべつ》してから、折本は立ち上がる。

「まだショウタイムは終われないんです」

スタジオ一階の入口まで歩いていき、重い防音ドアをひと息に開けた。人質からかすかな悲鳴がもれる。

が、それでもやはり爆発は起きなかった。

折本はぽかんとする人質たちに向けて言った。

「さぁ皆さん、スタジオから出ましょう」

我に返った人質たちが、そのとたん我先にと外に出ていく。

結城アナは状況のつかめない顔できょろきょろしていた。

「どういうこと？　ドッキリ？」

折本は内心苦笑する。ドッキリ。まさにだ。繁藤は自分たち全員に周到なドッキリを仕掛けた。

折本はゆっくり歩いてキャスター席の方へ戻る。

「繁藤さん、あなたは人を傷つけるために今回の事件を起こしたわけではありません。あなたの目的は、そこにはない」

「し、しかし、あちらの方は……」

安積が、フロアに倒れ伏す城を手で指し示す。しかし折本が「城さん」と呼びかけると、老人は血まみれの姿でむくりと頭を持ち上げた。

結城が悲鳴を上げる。

「あ、あなた……!?」

安積と結城が呆然と見つめる中、老人はゆっくりと起きて立ち上がり、ハンカチで血をぬぐった。そこに傷口はない。

『……フェイク?』

サブにいる矢吹がつぶやいた。

そう。城は怪我をしていない。——胸につけたワイヤレスマイクは、爆発音を上げ血糊《ちのり》をまき散らしただけだった。結城アナの前で爆発したバウンダリーマイクが、彼女を傷つけなかったのと同じように。

「あなたはこのビルで清掃のお仕事をなさっていましたね」

「…………」

老人は黙って折本を見上げる。よく思い返せば、その顔には見覚えがあった。最初の爆発があった後、廊下でぶつかった清掃員だ。黒縁眼鏡を見て気がついた。

「今回の事件は、あなたと繁藤さんで計画を立てた。ちがいますか？」

「そうだ」

老人とは思えぬきつい眼差しでうなずき、城はこちらに近づいてきた。固くにぎりしめた拳を、折本の前で振り上げる。

「…………」

だが折本が逃げずに見つめ返すと、城は振り上げた拳をゆっくりと下ろした。握りしめた手は、それでも激情を示して震えている。

周囲は言葉もなく城を眺めていた。状況がまだ把握できていないようだ。だが折本は相手の正体に見当がついていた。

その時、開けっ放しだったスタジオ一階のドアから男が一人入ってくる。三十前後の若い男だ。折本たちの視線を一身に浴びながら、男はゆっくりと城に歩み寄り、声をかけた。

「じいちゃん、ありがとな」

「……寛二……」

城を見つめる男は、手に手製のリモコンのようなものを持っていた。

折本は確信を込めて呼びかける。

「繁藤寛二さん」

「……あぁ」

折本を見据える若者の目は暗かった。だが、まっすぐでもあった。踏みつけられ、声を封じられ、権力者によってしまい込まれた過去から必死に這い出てきた情念をこめて、ひたむきに睨んでくる。

断罪の眼差しから、折本は目を背けずに告げた。

「繁藤さん、城さん。今から真実を話します」

「話せ」

「はい」

やり取りは、カメラによって余すことなく捉えられている。

折本は安積を振り向いた。

「安積さん、アブシル疑惑の件で私は賄賂など受け取っていない。本当です」

とたん、城が「嘘をつけ！」と吐き捨てる。繁藤も一蹴した。

「信じられないな」

安積が一歩踏み出してくる。

「さっきのメールが動かぬ証拠でしょう」

「あんなものいくらでも作れる！　偽造したものでも物証を突きつければ、私が観念して吐く。そう思ったのでしょう？」

「…………」

折本の問いに、繁藤は答えなかった。図星だろう。

「順を追って説明します。アブシルが認可されてすぐ、私と伊東記者は副作用のデータが改ざんされていることを突き止めました。厚労省が絡んでいる証拠もつかんだ。すぐにキャンペーンを張り追及を始めました。しかし、潰された」

「…………」

東海林が気まずそうに視線を泳がせた。

「私たちはかまわず次の準備を進めました。すると今度は鷺沼製薬と私との関係についての噂が広がったのです。上層部はここぞとばかり私を降板させた」

「なぜ反論しなかったのですか？　無実なら訴えるべきでしょう！」

安積の指摘に、伊東も続ける。

『そうです！　あんなにあっさりと辞めてしまうなんて、折本さんらしくなかった……！』

折本は目を伏せ、くちびるを引き結んだ。

薬害疑惑について黙るつもりはなかった。六年前の一件についての後悔があるからこそ、今度こそはという強い思いがあった。報道するためならメインキャスターの椅子をかけてもいいとすら考えていた。ＮＪＢの上層部にもそう返答し、懐柔されるつもりはないと啖呵《たんか》をきった。

だがいざ報道を強行しようとした時、調査資料がすべて消えていることに気づいたのだ。必死に集めた証拠も、ＶＴＲもすべて。番組スタッフの仕業としか思えなかった。そしてそれはまちがいなく、東海林に指示されて逆らえなかったせいだろうと想像がついた。

その後とどめのように収賄についての噂を流された。

結局、報道を果たせなかった上にキャスターの椅子も失ったどころか、会社を首になるかどうかの瀬戸際に置かれた。反論などできるはずもなかった。

勘違いしていたのだ。「ショウタイム７」のメインキャスターとして、自分は社内で押しも押されもせぬ存在だと考えていた。だが会社にとって自分は、いくらでも替えのきく駒でしかなかった。それを思い知らされた。

今さら何を言っても言い訳だ。折本が視聴者の信頼を裏切り、会社の制裁に屈した事実に変わりはない。

「……とにかく、私は降ろされた。ＮＪＢでのキャリアは終わった。この三ヶ月、何をしたらいいのかわからないまま時だけがすぎた」

折本はそこで顔を上げた。繁藤を見る。

「そして今日の事件が起きたんです。なぜか犯人は私を指名してきた。私は考えた。これは願ってもない機会だ。上手《うま》く利用して『ショウタイム７』に返り咲く。一発逆転、千載一遇の大チャンスだ」

「……は？　意味わかんないんですけど……」

結城があきれ口調でつぶやく。

そうだろう。入局して日の浅い彼女にわかるはずがない。栄光の座から転落し、飼い殺しの冷遇に甘んじる鬱屈など。

自分の愚かさ、惨めさに打ちひしがれていた時、目の前に投げ与えられた特大のチャンスに見境なく食いついた折本の気持ちは、おそらくここにいる誰にもわからない。

何としてもこのチャンスをものにして、這い上がってみせると決めた。自信もあった。

「しかし番組を続けるうちにだんだんわかってきたんです。利用されているのは私のほうだ。私は犯人の手のひらの上で転がされていたんです。そして気がつきました。犯人の最終目的は私、折本眞之輔だと」

安積と結城が怪訝そうに首をかしげる。

折本は告白した。

「私は繁藤寛二さんのご家族に取材をしたことがあります。六年前、大和電力城東発電所の工事現場で事故が起き、複数の作業員が亡くなった。ずさんな管理体制が原因だった」

安積が目を瞠る。

「繁藤寛二の父親……!?」

「そうです。私は取材中にその事実を知り、裏取りを進めました。箝口令《かんこうれい》が敷かれる中、取材は難航しましたが、なんとか被害者のご遺族にたどり着くことができた。それが、亡くなられた繁藤さんの奥様――繁藤寛二さんのお母様です」

「…………」

繁藤は黙って折本を睨む。城は悔しそうにくちびるを嚙みしめた。

サブにいる東海林がつぶやきをもらす。

『……ダメだ……！』

　折本は自分を睨む繁藤の目を見つめた。

「大変な状況の中、気丈にインタビューに答えていただきました。私もお母様の気持ちを無駄にしないと約束した。ですが報道できなかった。……上につぶされたんです」

『折本ー!?』

　東海林が情けない声を張り上げる。それでも黙らない。繁藤が見ている。それだけではない。テレビを通して、「ショウタイム7」の視聴者も見ている。

「そして口をつぐむ代わりに手に入れたのが――」

『折本！　折本！　おりもとぉぉー!!』

　必死の東海林の叫び声に呼応するように、その時、スタジオの入口から武装した警官隊がなだれ込んできた。

　いっせいになだれ込んできた警官隊が繁藤に肉薄する。彼は手にしていたリモコンを高々と掲げた。

「やめろ！　それ以上近づいたらスタジオ中を爆破する！」

　警官隊がぴたりと動きを止める。その後ろから園田が進み出る。

「これから折本眞之輔が真実を話すんだ。俺はそれを聞きに来た。聞いたら投降する。静かに聞こうじゃないか」

イヤモニからは、サブで東海林と矢吹が揉み合っている音が伝わってくる。

『やめろ！　やめるんだ……！』

『東海林さん、クライマックスですよ！』

スタジオに向かおうとする東海林を、矢吹が止めているようだ。

折本は改めてカメラに顔を向けた。六年前――証拠をそろえ、ＶＴＲも作り、あとは流すばかりというところで待ったがかかった。ＮＪＢ上層部からの圧力だった。

「繁藤さんのお母様のインタビューは放送できなかった。約束を守れなかった。私は負けたんです。口をつぐむという最悪な手段をえらんでしまった。そしてその代わりに手に入れたのが――」

折本は深く息を吐き、そして言った。

「この『ショウタイム７』のキャスターの座でした」

安積が絶句して黙り込む。彼だけではない。警官隊を含め、スタジオは静まり返った。

『あぁ……っ』

東海林が唸《うな》る。結城アナが首を横に振った。

「信じられない……」

　そんな中、繁藤は黙って折本を見つめていた。

　当時、もちろん折本は不当な圧力に抵抗した。だがほどなく、それは会社のさらに上からもたらされたものだと理解することになった。

　折本は自分のスマホを取り出し、手早く操作する。何をしているのか察したらしい東海林が『折本!?』と叫んだ。

『折本、やめろ！　やめてくれ！　それだけはダメだ！』

　イヤモニから死にものぐるいの制止が聞こえてくる。

　しかし折本はかまわずスマホを、スタジオのカメラに向けた。そこに映っていた動画が、画面いっぱいにアップで映し出される。

　隠しカメラの映像だ。場所は都内の有名中華料理店の個室。円卓を囲んでいるのは、六年前にはまだ自由党の政調会長だった水橋孝蔵と、大和電力の取締役だった四方田勇、そして東海林と折本である。

　密室でのやり取りが、スタジオ内に流れ出した。

『折本さん。あれが公になれば大和電力は――いや、日本は世界中の笑いものになってしまうんですよ』

　四方田の言葉に、東海林が大きくうなずく。

『四方田さんの言うことはわかるだろう？　大和電力さんは我々ＮＪＢの大切なお客様だ』

　水橋もまた、笑顔で言い添えた。

『悪いようにはしない。君の処遇は社長に相談してみよう』

『ありがとうございます！　……水橋先生がここまでおっしゃってくださっている。こんなことはないぞ！　折本、おまえはＮＪＢの未来だ。こんなことで先がなくなるのはもったいないじゃないか！』

　今思い出しても吐き気がするやり取りだ。笑顔のお偉方に三方を囲まれ、猫なで声で諭され、折本はただ黙り込んだ。沈黙は服従と受け止められた。

　最後に水橋が言った言葉は忘れられない。

『私たちは一蓮托生《いちれんたくしょう》なんだよ』

　水橋が笑い、紹興酒《しょうこうしゅ》の杯を乾杯するように掲げたところで映像が切れる。

　スマホを下ろした折本はカメラに向かい、静かに告げた。

「大和電力と自由党、ＮＪＢは一蓮托生」

一語一語、はっきりと、もう一度くり返す。

「大和電力と自由党、ＮＪＢは一蓮托生！」

『破滅だー！　おまえも、俺もぉぉ！』

東海林がサブで暴れているようだ。

一方、折本はすっきりした気分だった。

「私は悪魔に魂を売る代わりに、キャスターの座を得た。この真実、この秘密を私の口から言わせることが、あなたの最後の目的だったのですね」

こちらを凝視していた繁藤は、嚙みしめるように言う。

「……大和電力も憎い。政府ももちろんクソだ。しかし何よりも俺が我慢できなかったのは、あんたの態度だ！　約束したのに。信頼したのに。仲間だと思ったのに。善人面して弱者の気持ちをほじくり返し、挙句の果てに裏切る。最低だよ。心底軽蔑する！」

大股でキャスター席までやってくると、繁藤はやおら折本の胸元をつかみ上げる。鼻先がふれそうなほど顔を近づけ、彼は憎々しげに唸った。

「しかもあんたはその後、何食わぬ顔で『ショウタイム７』のキャスターになった。

そして正義の味方として振る舞い続けた！　反吐《へど》が出たよ！　極めつきが去年のアブシル疑惑だ。あんたは問題を追及し始めたのに中途半端に放り投げた。あのとき俺の中で防波堤が決壊した。こいつは何も変わっちゃいない！　また同じことをしている！」

「それは誤解です」

「そうだとしても過去の罪が消えるわけじゃない！」

たたきつけられる糾弾に折本は口をつぐむ。

繁藤は深い影を宿した瞳で、穴が空くほど折本を見つめてくる。まるで彼から何もかもを奪った運命そのものででもあるかのように。実際、彼にとって折本は、自分を蔑《ないがし》ろにして権威ばかりを贔屓《ひいき》する運命そのものであるのかもしれない。目に見え、手の届く場所にいる仇《かたき》。だからこそ。

「俺は計画を練った！　俺たちの幸せを奪ったすべて、政府、大和電力、ＮＪＢ、そしてあんたに復讐する計画をな！　じいちゃんも協力してくれた。死んだ親父の父親だよ！　清掃員としてＮＪＢに入り、俺の指示に従って動いてくれた」

「………………っ」

わめく繁藤の後ろで、城がくちびるを嚙みしめて涙を流している。

「あんたの人生は、今日あんたが真実を語ったことで終わった。……六年前にまちがえていなければ、こんなことにはならなかったのにな。残念だよ」

吐き捨てる相手に、折本は深く頭を下げた。

「繁藤さんのおっしゃる通りです。心から謝罪します。申し訳ありませんでした」

「…………」

「責任は取ります。私が皆さんの前に立つのは、今日で最後です」

身を起こした時、折本の胸にはひとつの覚悟が決まっていた。引導を渡されるまで、自分の罪ときちんと向き合うこともなかった。

その悔恨も込めて、繁藤と城に対して、もう一度お辞儀をする。二人は黙ってそれを見つめていた。

そんな繁藤に園田が近づいていき、爆弾のリモコンと思《おぼ》しきものを取り上げた。そのまま彼の手に手錠をかける。

最後まで折本を見つめていた繁藤は、園田に促され、こちらに背を向けて歩き出した。終わってしまう。そう思った時、気づけば折本は彼の背中に声をかけていた。

「もうひとつだけいいですか」

振り返る彼に向けて微笑む。

「繁藤さん、この二時間は最高に楽しかった」

「は？」

「興奮しました」

「おまえ……」

繁藤が絶句する。

折本はサブのある二階を振り仰いだ。

「東海林さん、どうだった？　興奮したろ？」

彼は一連の騒動によって多くのものを失うことになった。だがそれだけではなかったはずだ。

折本はスタジオにいるスタッフたちを見まわした。

「安積は？　伊東は？　矢吹は？　みんなはどうだ？」

マトモぶって憔悴《しょうすい》したような顔をしているが、内心はちがうはずだ。

数年に一度の大事件。それもＮＪＢの目と鼻の先で起き、犯人と直接電話のやり取りをした。

人生でそんな出来事に出くわす機会は、おそらく二度とない。ニュースに関わる人間として、これ以上心躍ることがあるだろうか。

「こんなに興奮したのは久しぶりだよ！　これがテレビだ。まさにショウタイムだ！　こういうのが作りたくて、俺たちはこの世界に入ったんじゃなかったのか!?」

折本の言葉は次第に熱を帯びてくる。大変だ。何ということだ。信じられない。表面上ではそう驚愕《きょうがく》しつつ、本音のところでは誰もが抑えきれない興奮に身を焦がしたはず。楽しかったはずだ。

折本はさらにカメラに向け――視聴者に向けて語りかける。

「まさか、テロも戦争もないこの日本で、この東京で、こんなことが起きるなんて。我々平和ボケした日本人にはどうしても実感がわかない。怖い。怖いけど、おもしろい！　自分は安全な場所にいるから大丈夫。所詮は他人事《ひとごと》だ。だから心配そうな顔をしながら楽しめた。……ちがいますか？」

折本はスタジオの天井を振り仰いだ。

スポットライト。光が当たっていた折本の活躍と、隅に追いやられ陰になっていた安積の屈辱。カメラが余すことなく捉えた繁藤のテロ行為と主張。カメラに映らない場所で起きていた警察の決死の捜査。映像を見ながら言葉を紡ぐしかなかった生の報道。事件の裏にあったテレビ局と政治の隠微なつながり。

「真実をありのまま伝えることは何よりも難しい。私はこの二時間、皆さんの知りたい真実をお伝えするために、繁藤さんと向き合い、自らに向き合い、それを成し遂げることができた」

未来を投げうって親の仇を取ろうとしたテロリストと、その元凶となった折本の謝罪。わかりやすく、刺激的で、最後に過ちが裁かれる、最高のニュースだった。

「今日皆さんが見た物語は、皆さんの願望でもあったんだと思います。繁藤さんと、私と、皆さんとで作った、『公正で、公平な、真実』です。最後に、贖罪《しょくざい》の機会を用意してくれた、そしてこの最高の二時間を作り上げてくれた繁藤さんに、心から感謝いたします」

「……おまえ、イカレてるな」

口調はあきれた様子ながらも、繁藤のまとう緊張が和らぐ。かすかに笑ったようにも見えた。

「何なの、これ！」

どこかわかり合ったような空気に納得がいかないとばかり、結城アナが突然叫び出す。彼女は折本と繁藤とを指さして暴れた。

「あんたも、あんたも、みんなバカみたい！　なんでわざわざこんなことするの！　たかがテレビじゃない！」

折本は結城に向けて軽く微笑み、カメラに向けて高らかに宣言した。

「さぁ！　本日最後の『ザ・世論調査』です！」


折本はどうしても知りたかった。

「『私、折本眞之輔はこの先どうすべきか』」

視聴者は今夜のこの報道をどう受け止めたのか。折本が実際に犯した罪と、捏造《ねつぞう》された罪――何が真実で、何が虚偽と考えたのか。

視聴者の側から、今夜のメインキャスターを裁定してもらいたい。

フロアにいるスタッフたちが、折本の正気を疑うような目で見つめてくる。

無論、折本はいたって冷静だった。ただ良くも悪くも自分の集大成ともいうべきだった今夜の報道について、世間に問いたいだけだ。

「『ＬＩＶＥ』なら青ボタン、『ＤＩＥ』なら赤ボタンを押してください。制限時間は三十秒。さぁスタートです！」

皆が呆然となる中でも矢吹はプロだった。すぐさま画面にＣＧ画像と効果音を流す。

三十秒がたち、終了を告げるチャイムが鳴り響く。

「さぁ、それでは結果発表です！」

皆で食い入るようにモニターを見上げる中、折本はそこに表示された結果に笑みを浮かべた。

外していたイヤモニを装着し、繁藤を見る。

何かを察した繁藤が、その時、園田に体当たりをした。不意を衝かれた園田の手から没収したリモコンが落ちる。

「あっ……」

足元に転がってきたリモコンを拾い上げたのは折本である。スイッチを入れると、折本のイヤモニから異音が流れ始めた。

繁藤、城、東海林、安積、結城――スタジオにいた全員が息を飲む。

折本はカメラに向かった。

「私たちは公正かつ公平な姿勢で真実に迫ります」

そしてリモコンのボタンに指をかける。ふと見上げたスタジオの時計の針は、午後八時五十九分五十五秒を指していた。

ノーカット・ノー編集の奇跡の生放送が、あと五秒で終わる。

エピローグ

『自由党本部前です。大和電力城東火力発電所爆破事件の容疑者とみられる人物からの脅迫があった、午後七時過ぎ。水橋総理大臣は、官邸で杉野江《すぎのえ》外務大臣との面会中だったとみられます』

彼は午後九時を、行きつけの定食屋で迎えた。とんでもない夜だった。たまたま抽選に当たり、テレビ局を見てみたいという程度の好奇心から「ショウタイム7」の観覧に向かった。だがその途中で繁藤のテロが起き、あわててスタジオから飛び出したのだ。

さっさと逃げてよかった。でなければあの爆弾騒ぎの渦中に人質として巻き込まれることになっていただろう。だが心のどこかで残念な気持ちもあった。

テレビの中で展開したあの事件を内側から見てみたかった。そんな気持ちもほんの少しだけある。それはきっと最高に刺激的だっただろう。

「ショウタイム7」の後、定食屋では他局のニュース番組にチャンネルを合わせていた。解説委員がしたり顔で論じている。

『ＮＪＢの折本アナウンサーによる先ほどの発言が事実だったとすると、報道の基本姿勢を根本的に否定する、あってはならない行為と言えます。さらに言えば、ＮＪＢは放送事業者としての責任を放棄していると言わざるをえません。放送法では、「放送の不偏不党、真実及び自律を保障することによって、放送による表現の自由を確保すること」と規定しています。この大前提を無視した――』

味噌汁《みそしる》で白飯を流し込みながら、クソおもしろくもない解説を何の感慨もなく聞き流す。

政治家にイニシアチブを握られた出来レースのような記者会見が常態化した中、テレビ業界全体に政治への忖度《そんたく》がないと本当に言えるのか。裏で政治家とつながっていて、不都合な真実に蓋をするよう求められて断れないテレビ局ははたしてＮＪＢだけか。少しでも社会経験のある人間なら想像がつくだろうに。

どこのテレビ局も判で押したように同じニュースを流す中、今夜の「ショウタイム７」は編集されていない生の情報を報道していることがひしひしと伝わってきておもしろかった。

だがそれも九時の時報と共に終わった。

ちなみに避難後すぐ、観覧者として事件発生の瞬間を目撃したことをＳＮＳで報告した。直後には反響が殺到し、ちょっとした英雄扱いだったが、それももう落ち着いた。

皆、忙しいのだ。目の前には無数の情報がある。様々なジャンルで次から次へと新しいことが起きる。追いかけるだけで時間はすぎていく。咀嚼《そしやく》する余裕はない。

ふいにテレビからアナウンサーの緊張した声が聞こえてくる。

『番組の途中ですが、ここで報道センターからニュースをお伝えします。日本時間の午後八時四十五分頃、ロンドンの地下鉄で複数の爆発がありました。イギリスのＢＢＣテレビは、ほぼ同じ時刻に少なくとも五つの駅で爆発があったことからテロの可能性が高いと伝えています――』

テレビ画面には、ＳＮＳにアップされたと思しき不鮮明な映像が流されていた。警察や消防の緊急車両が集まる中、人々が逃げまどっている。

地下鉄か。やっぱ外国は日本より派手だな。

食事を終えた彼は席を立った。

会計を終えて店を出た彼の目が、ビルの壁面を飾る大型スクリーンに釘付けになる。特番の歌番組だ。カラフルな衣装を身に着けた人気アーティストが笑顔で新曲を披露している。画面の上には、ロンドンの地下鉄でテロが起きたことを示すテロップが表示されていた。

（情報量多すぎ）

力なく笑う。スマホを取り出す気分にもならなかった。

「繁藤事件」を二時間も追いかけたのだ。供給過多。これ以上は入らない。

今日はもうお腹《なか》いっぱいだ。

自分に関係ないところで起きる事件や事故に背を向けて、彼は雑踏の中を歩き出した。

巻末特別インタビュー
渡辺一貴監督

プロフィール

渡辺一貴 [わたなべ・かずたか]

1969年生まれ、静岡県出身。1991年にNHKに入局後、数多くのテレビドラマ作品を手掛ける。主な演出作品に「監査法人」(08)、「まれ」(15)、「おんな城主　直虎」(17)、「雪国　-SNOW　COUNTRY-」(22)、「岸辺露伴は動かない」(20〜24)、「デフ・ヴォイス　法廷の手話通訳士」(24)などがある。映画『岸辺露伴　ルーヴルへ行く』(23)で初めて劇場公開映画の監督を務める。『ショウタイムセブン』では脚本・監督を担当。

２０２２年、映画『ショウタイムセブン』の企画をいただいた時点で、初めて原作の韓国映画『テロ、ライブ』（２０１３年）を拝見しました。息もつかせない、いわゆるジェットコースター的な作品をとても面白く見たのですが、ラジオスタジオという一つのシチュエーションで、98分間の映画を押し切ってしまう、作り手の胆力と迫力に、何よりも圧倒されました。

ですから、この作品をベースにした映画を撮るにあたっては原作同様の迫力を自分なりに表現したいと思い、映画全体をワンカットで一気に見せるような、〝生ドラマ〟的なものを作ろう、と決めました。

小学生のときに、「ムー一族」というドラマに熱中した時期がありました。生放送あり歌ありバラエティあり、とにかく何でもありの玉手箱のようなドラマ番組で、それだけに、ハプニングやNGがたびたび発生します。次に何が起きるかわからない展開にドキドキワクワクし、時に心配になりながら見ていたあのころの気持ちを思い出し、『ショウタイムセブン』でも、そういった生ドラマ的な緊張感を表現できたらと考えたのです。

一方、内容については、原作の設定をそのまま今の日本に置き換えるのは難しいだろうな、と感じていました。10年以上前の作品なので、当時の時代の空気を反映している側面もありますし、韓国という国の事情も当然組み込まれています。幸い、原作サイドから、ある程度自由にアレンジしてかまわないと許可をいただいたので、放送と事件が同時進行し、登場人物たちが予想外の出来事に巻き込まれていく、というストーリーの根幹を踏襲しつつも、今の日本で表現すべきテーマを探しました。

僕が『ショウタイムセブン』で描きたいと考えたテーマの一つが、マスコミに生きる人間たちです。自分自身が昨年までNHKに勤めていたマスコミ人ということもあり、この2024年という時代にマスコミあるいはメディアで生きる人間を正面から描くことは、取り組み甲斐《がい》のあるチャレンジでした。同時に、テレビの視聴者など、メディアをとりまく全ての人々——つまり我々現代人全員——の意識や欲望もまた、興味のあるテーマでした。むしろこちらを描きたい気持ちのほうが強かったかもしれません。

あらすじを簡単に説明しますと、国民的報道番組「ショウタイムセブン」のキャスターを降板し、現在はラジオの裏番組を担当している主人公が、阿部寛《あべひろし》さん演じる折本眞之輔《おりもとしんのすけ》です。ラジオのオンエア中に爆破予告の電話がかかってきた直後、実際に発電所で爆発が起きる。阿部さん演じる折本は、犯人を名乗る男から交渉役に指名されると、生放送中のテレビ番組（ショウタイムセブン）に乗り込んで、犯人との交渉を独占生中継し始めます。すでに犯人によって爆弾が仕掛けられているスタジオ。折しもその日は公開放送の日で、一般のお客さんが観覧席に多数いる。番組を見ている視聴者はSNSで、折本の一挙手一投足を拡散していく。全国民が見守る危機的状態の中での生放送を、折本は犯人との和解交渉の舞台のみならず、自らのキャスター復帰への舞台にしようと目論《もくろ》見《み》ます。

脚本を書きながら頭に浮かんだのは「疑似イベント」という言葉でした。アメリカの歴史家ダニエル・J・ブーアスティンが『幻影《イメジ》の時代』（1962年）の中で使った言葉で、自然発生的な出来事ではなく、メディアで報道されることを前提として作られた出来事を、疑似イベントといいます。マスメディア、つまりテレビが普及した時代に広がった概念ですが、SNSが発達した現代社会は、誰もが「見られること」を意識して生きているわけで、疑似イベントという言葉の重みは増していると思います。疑似イベントと、自然発生的なイベントの境界が更に曖昧になりつつあるといってもいいかもしれません。そうした時代を生きる象徴として、折本というキャラクターを造形しました。

折本は様々な要求を突き付けてくる犯人と対峙《たいじ》しながら、2時間番組のタイムキープをしています。そんな彼の言動は本心から出たものなのか、計算し尽くされたものなのか……見た方がどう感じるかはわかりませんが、ドキュメント感、ライブ感を大切に撮影しました。また、阿部さんの裏の裏をも感じさせる演技によって、深みのあるキャラクターになったと思っています。

ただし、2時間の「ショウタイムセブン」を作っているのは折本だけではない、というのが、この映画の狙いでもあります。

復讐《ふくしゅう》をしたいという純粋で強い動気をもちながら、復讐の場として「テレビ」を使うという犯人（繁藤《しげふじ》）もまた、疑似イベントの時代の申し子である。つまり折本がキャスターを演じているように、犯人もまた、犯人というキャラクターを最初から演じているということです。

物語が進むにつれて、二人の相乗効果が生まれていきます。犯人は、折本の追及によって犯人というキャラクターを増幅させていく。折本も、犯人に煽《あお》られることで、キャスターとしてノリにノッた対応を見せていく。二人の共作によって成り立った2時間、という雰囲気が出せたらと思いながら映画を撮っていました。

見られていることに強烈な自意識を持つ二人に対して、見ている側の代表ともいえるのが、入社2年目の女子アナウンサー結城千晴《ゆうきちはる》です。番組に命を懸けようとする折本に〈たかがテレビじゃない！〉と言い放つ彼女は、いわば視聴者の代弁者であることに、脚本を書き終えてから気づきました。今の若者は物事を客観的に見る、クールなところがあります。物事をつい熱く語りがちな僕の、若い世代に対する憧れや畏れも、結城のキャラクターに反映されているかもしれません。

この映画の脚本の第一稿は3日で書き上げました。自分でも驚くほどの速さでした。ブレイクスルーになったのは、中盤、ラジオスタジオからテレビスタジオへと舞台を移したことです。テレビスタジオで物語が進むことで、何が何でもテレビキャスターに復帰したい折本のモチベーションと、彼を襲う様々なアクシデントを可視化することができ、最後まで一気に、書き進めることができました。

〈まさか、テロも戦争もないこの日本で、この東京で、こんなことが起きるなんて〉と、折本は興奮して、視聴者に語りかけます。思いもよらないアクシデントが起きたとき、火事場の馬鹿力というように、人間の計り知れない力が発揮されることはあります。

僕もNHK時代、選挙中継やオリンピックなど、生中継を担当することがありました。映画の中で起きる出来事とは比べ物になりませんが、アクシデントはどうしたって起きるものです。多くのテレビマンはそういう事態に直面すると、萎縮してパニックになるのではなく、アドレナリンが出て高揚していく。予期しなかった出来事に瞬時に対応し、乗り越えていくという、僕自身も体験してきた快感は、物語の中に刷り込まれていると思います。

映画には、テレビの在り方を問うようなセリフも出てきます。メディアと受け手の、ある種の共犯関係を問いかけてはいますが、安易なテレビ批判をしたいわけではありません。自分がテレビの世界にいたから言うわけではないですが、この映画でも描いたように、テレビの影響力は依然として大きい。ＳＮＳで拡散される内容も、テレビから発生するものが多くを占めています。これからもテレビを一緒に盛り上げていきたいという気持ちも、この映画には込めたつもりです。

さて、こうして作った映画のノベライズ作品を、僕は一読者として、とても楽しく拝読しました。

脚本と映像をもとに膨らませたのがノベライズだと思います。映像では言語化されていない部分が、ノベライズでは言語化されているわけで、ここはこういうふうに捉えられたんだな、とか、僕はここまで考えていなかったけど、こう考えられたんだな、という発見が随所にありました。

中でもエピローグは、映画では具体的に描かれていない内容です。文章を読む前、ページ全体が目に飛び込んできたときは「彼」って誰だろう……と思いましたが、読み終えて、なるほど、こういう仕掛けは面白いと思いました。先にも述べた通り、この映画では、マスコミやテレビの世界を描きたいわけではなく、それらを取り巻く我々全体のありようや感情の動きを描きたかったわけです。彼というキャラクターによって、物語がより重層的になっていると感じました。

ただし、これはこれで正しい一つの捉え方であると同時に、ほかにも解釈の方法はあるだろうと思います。ノベライズ本が唯一の正解ではない、ということです。

そもそも、脚本を書いた僕の折本像と、役者である阿部寛さんの折本像が、100%一致しているとも限りません。もちろん僕の考えを伝えてはいます。しかし芝居をしていく中で生まれる演者のフィーリングや解釈というものはあるはずです。皆で作り上げていく映画に、ガチガチの「正解」を求める必要は必ずしもない、と思っています。

ですから、ノベライズを手にとる方の動機は様々だと思いますが、映画の唯一の解釈として読まれるのではなく、映画の一つのガイドとして読んでいただけたら、というのが僕の素直な思いです。ノベライズには、この場面の折本の感情をこう書いてあった。でも映画を見たら、自分は違う想像をした……ということがあっていいと思います。ノベライズをもとに、読んだ方に想像力を羽ばたかせてもらえたら、物語は広がり、俳優さん一人ひとりの表情や芝居の見え方が変わり、映画の楽しみ方も増すのではないでしょうか。

このノベライズ本は、映画の公開（２０２５年２月）に先立ち刊行されます。ノベライズを読んでから映画を見てくださる方もいらっしゃるだろうと思いますし、その反対、映画を見てから、ノベライズを読まれる方もいらっしゃるでしょう。どちらも大変嬉《うれ》しいです。そして映画監督の僕としては、映画を見たあとに、ノベライズを読んでみたいな、と思ってもらえる映画になっていることを願っています。

（構成　砂田明子）

この作品は、映画『ショウタイムセブン』の
脚本をもとに書きおろされました。

SHOWTIME 7
ショウタイムセブン

阿部寛
竜星涼　生見愛瑠
前原瑞樹　平原テツ　内山昂輝　安藤玉恵　平田満
井川遥　吉田鋼太郎

監督 / 脚本：渡辺一貴
原作：The film “The Terror, Live” written and directed by Kim Byung-woo, and produced and distributed by Lotte CultureWorks Co., Ltd. and Cine2000
音楽：照井順政

製作：牟田口新一郎 髙橋敏弘 和田佳恵 中村高志 佐藤一哉 清原寛 鶴丸智康 小松幹夫 森田篤／
エグゼクティブプロデューサー：豊島雅郎／プロデューサー：井手陽子 土橋圭介
アソシエイトプロデューサー：坪井あすみ　CHOI BYUNG-HWAN LEE YONG-JIN／撮影：大和谷豪／照明：後閑健太
サウンドディレクション：矢野正人／録音：加来昭彦／美術：柳川和央／装飾：高橋寛
スタイリスト：前田勇弥／ヘアメイク：梅原さとこ／スクリプター：尾和茜／編集：鈴木翔
コンポジティングスーパーバイザー：白石哲也／音響効果：伊藤瑞樹／音楽プロデューサー：安井輝／助監督：清水勇気
ラインプロデューサー：天野恵子／宣伝プロデューサー：大木麻友子
製作：「ショウタイムセブン」製作委員会（アスミック・エース 松竹 テレビ東京 NHKエンタープライズ
JR東海エージェンシー テレビ大阪 ハピネット・メディアマーケティング 精美堂 UNITED PRODUCTIONS）
原作窓口：In Association with Globalgate Entertainment
制作プロダクション：アスミック・エース NHKエンタープライズ／配給：松竹 アスミック・エース

2025.2.7［FRI］ROADSHOW

本文デザイン／髙橋健二（テラエンジン）

集英社文庫　目録（日本文学）

半村良　江戸群盗伝
ビートたけし　ビートたけしの世紀末毒談
ビートたけし　ザ・知的漫才 結局わかりませんでした
ビートたけし　アナログ
東憲司　めんたいぴりり
東直子　水銀灯が消えるまで
東野圭吾　分身
東野圭吾　あの頃ぼくらはアホでした
東野圭吾　怪笑小説
東野圭吾　毒笑小説
東野圭吾　白夜行
東野圭吾　おれは非情勤
東野圭吾　幻夜
東野圭吾　黒笑小説
東野圭吾　歪笑小説
東野圭吾　マスカレード・ホテル

東野圭吾　マスカレード・イブ
東野圭吾　マスカレード・ナイト
東山彰良　路傍
東山彰良　ラブコメの法則
東山彰良　DEVIL'S DOOR
東山彰良　越《ユエ》境《ジン》
樋口一葉　たけくらべ
ひずき優 雨瀬シオリ・原作　小説 ここは今から倫理です。
ひずき優　小説 最後まで行く
ひずき優　小説 ショウタイムセブン
備瀬哲弘　精神科ER 緊急救命室
備瀬哲弘　うつノート 精神科ERに行かないために
備瀬哲弘　精神科ER 鍵のない診察室
備瀬哲弘　大人の発達障害 アスペルガー症候群、AD/HD、自閉症が楽になる本
備瀬哲弘　精神科医が教える「怒り」を消す技術
備瀬哲弘　もっと人生ラクになるコミュ力UP超入門書

日高敏隆　世界を、こんなふうに見てごらん
日高敏隆　ぼくの世界博物誌
一雫ライオン　小説版 サブイボマスク
一雫ライオン　ダー・天使
一雫ライオン　スノーマン
日野原重明　私が人生の旅で学んだこと
響野夏菜　ザ・藤川家族カンパニー あなたのご遺言、代行いたします
響野夏菜　ザ・藤川家族カンパニー2 ブラック婆さんの涙
響野夏菜　ザ・藤川家族カンパニー3 漂流のうた
響野夏菜　ザ・藤川家族カンパニーFinal 嵐、のち虹
氷室冴子　冴子の母娘草
姫野カオルコ　みんな、どうして結婚してゆくのだろう
姫野カオルコ　ひと呼んでミツコ
姫野カオルコ　サイケ
姫野カオルコ　すべての女は痩せすぎである
姫野カオルコ　よるねこ

集英社文庫　目録（日本文学）

集英社文庫 目録（日本文学）

藤岡陽子　きのうのオレンジ
藤島大　北風 小説 早稲田大学ラグビー部
藤田宜永　はなかげ
藤野可織　パトロネ
藤本ひとみ　快楽の伏流
藤本ひとみ　離婚まで
藤本ひとみ　令嬢テレジアと華麗なる愛人たち
藤本ひとみ　ブルボンの封印(上)(下)
藤本ひとみ　ダ・ヴィンチの愛人
藤本ひとみ　マリー・アントワネットの恋人
藤本ひとみ　令嬢たちの世にも恐ろしい物語
藤本ひとみ　皇后ジョゼフィーヌの恋
藤原章生　絵はがきにされた少年
藤原新也　全東洋街道(上)(下)
藤原新也　アメリカ
藤原新也　ディングルの入江

藤原美子　我が家の流儀 藤原家の闘う子育て
藤原美子　家族の流儀 藤原家の褒める子育て
布施祐仁・三浦英之　日報隠蔽 自衛隊が最も「戦場」に近づいた日
船戸与一　猛《たけ》き箱舟(上)(下)
船戸与一　炎 流れる彼方
船戸与一　虹の谷の五月(上)(下)
船戸与一　降臨の群れ(上)(下)
船戸与一　河畔《かはん》に標《しるべ》なく
船戸与一　夢は荒れ地を
船戸与一　蝶舞う館
富良野馨　カッコウ、この巣においで
古川日出男　サウンドトラック(上)(下)
古川日出男　g i f t
古川日出男　あるいは修羅の十億年
古川真人　背高泡立草
辺見庸　水の透視画法

保坂展人　いじめの光景
保坂祐希　ビギナーズ・ライブ！
ほしおさなえ　銀河ホテルの居候 また虹がかかる日に
ほしおさなえ　銀河ホテルの居候 光り続ける灯台のように
星野智幸　ファンタジスタ
星野博美　島へ免許を取りに行く
干場義雅　世界のビジネスエリートは知っている お洒落の本質
干場義雅　色気力
細谷正充・編　時代小説傑作選 江戸の爆笑力
細谷正充　宮本武蔵の『五輪書』が面白いほどわかる本
細谷正充・編　時代小説アンソロジー くノ一、百華
細谷正充・編　野辺に朽ちぬとも 吉田松陰と松下村塾の男たち
細谷正充・編　新選組傑作選 誠の旗がゆく
細谷正充・編　時代小説傑作選 土方歳三がゆく
堀田善衞　若き日の詩人たちの肖像(上・下)
堀田善衞　めぐりあいし人びと

集英社文庫

小説《しょうせつ》　ショウタイムセブン

2024年12月25日　第1刷　　定価はカバーに表示してあります。

著　者　ひずき　優《ゆう》

発行者　樋口尚也

発行所　株式会社 集英社

東京都千代田区一ツ橋2-5-10　〒101-8050

電話　【編集部】03-3230-6095

【読者係】03-3230-6080

【販売部】03-3230-6393(書店専用)

印　刷　中央精版印刷株式会社　株式会社美松堂

製　本　中央精版印刷株式会社

フォーマットデザイン　アリヤマデザインストア　　マークデザイン　居山浩二

ISBN978-4-08-744729-3 C0193